아이 캔 두 이모

아이 캔 두 이모

초판 1쇄 발행 2023년 12월 20일

지은이 김우남
펴낸이 강수걸
편집 신지은 강나래 오해은 이선화 이소영 김소원 이혜정
디자인 권문경 조은비
펴낸곳 산지니
등록 2005년 2월 7일 제333-3370000251002005000001호
주소 부산시 해운대구 수영강변대로 140 BCC 626호
전화 051-504-7070 | 팩스 051-507-7543
홈페이지 www.sanzinibook.com
전자우편 sanzini@sanzinibook.com
블로그 sanzinibook.tistory.com

ISBN 979-11-6861-222-8 03810

* 책값은 뒤표지에 있습니다.
* 잘못된 책은 구입하신 곳에서 교환해드립니다.
* 이 책은 경기도, 경기문화재단의 지원을 받아 발간되었습니다.

아이 캔 두 이모

김우남 소설

산지니

하동에 계시는

나의 어머니 정순금 님께

이 책을 바칩니다.

차례

아이 캔 두 이모

이모, 오늘 그곳 날씨는 어때요? 지난번 엄마랑 함께 갔을 때 창밖 풍경이 푸르러 보기가 좋았어요. 병원 분들이 가끔 창문을 열어서 신선한 공기를 마시게 해주는 거죠? 여기는 초미세먼지 때문에 예전처럼 창문을 활짝 열어놓는 날이 많지 않아요.

그동안 바깥세상은 많이 달라졌어요. 코로나라는 바이러스가 전 세계를 강타해서 한동안 하늘길, 뱃길이 끊기고 심지어 이웃집조차 오고 가지 못하는 날도 길었어요. 마스크를 쓰지 않으면 아예 밖으로 나갈 수도 없었어요. 물론 병원이나 요양원 방문도 쉽게 허락되지 않았구요. 그래서 이모를 자주 찾아뵙지 못했던 거예요. 금수강산이라는 말에 익숙한 이모는 지금 내가 무슨 말을 하는지 이해가 안 될 거예요.

이모, 지금 내 사무실 테이블 위에 이모의 소지품이 여러 개 놓여 있어요. 사진 몇 장과 일기장, 가계부, 메모 그리고 일련번호를 적어놓은 공책들.

—어머나, 그걸 왜 지연이 네가 가지고 있니?

이모가 큰 눈을 동그랗게 뜬 채 놀라워하는 모습이 눈앞에 그려지네요. 당연히 이모가 궁금해하실 줄 알았어요.

사실은 얼마 전에 내가 운영하는 학원으로 효림이가 찾아왔어요. 이모가 아시는지 모르겠지만, 효림이는 하던 일이 잘 안 풀리거나 이럴까 저럴까 망설이는 일이 생겼을 때 혹은 좋은 일이 있어서 함께 그 감정을 나누고 싶을 때 저를 찾곤 해요. 효림이가 형제자매 없는 외동딸인 탓도 있겠지만 아마도 내가 대학생 때 이모 집에 머물면서 그 애 공부를 도와준 적이 있어서 그런 것 같아요. 물론 저 역시 효림이가 이종사촌 같지 않고 친형제처럼 가깝게 느껴져요.

그날 차를 마시던 효림이가 한숨을 푹 내쉬며 말을

꺼냈어요.

—언니, 엄마가 요양원에 가신 지 벌써 오 년이 넘었어.

—어머나 벌써 오 년이나 됐어? 이삼 년 됐나 생각했는데……

내가 머릿속에서 시간의 길이와 두께를 더듬고 있는 동안 효림이가 말을 이었어요.

—엄마가 아예 말을 못 하고 눈만 껌뻑껌뻑한 지 한참 됐잖아. 이제는 엄마가 앞으로 더 사신다 해도 정상 상태로는 절대 돌아올 수 없다는 걸 받아들이기로 했어.

입을 오므리고 당차게 말하는 효림이가 나보다 훨씬 나이 많은 어른처럼 보이더라구요.

—그래서 요즘 엄마가 살던 집을 부동산소개소에 내놓고 엄마 짐들을 정리하는 중이야. 그런데 이런 걸 다 어떻게 해야 할지 몰라서……

말을 하다 말고 효림이가 가지고 온 쇼핑백 속에서 물건들을 하나둘 꺼내 놓기 시작했어요.

—엄마가 늘 곁에 두고 있던 것들이라서 언니도 한 번쯤 봤을 거야. 근데 왠지 이걸 그냥 버리면 벌 받을 것 같다는 생각이 들더라구. 언니라면 좋은 아이디어가 있을 것 같은데…… 이걸 어떻게 하면 좋을까?

그렇게 해서 이 물건들이 나한테로 오게 된 거예요. 이모, 죄송해요. 사적인 소지품을 본인 허락도 없이 보게 돼서…… 아마 이모가 제 앞에 있었다면 부끄러워하며 냉큼 빼앗아갔겠죠.

효림이가 학원을 다녀간 지는 좀 됐는데 그동안 제가 코로나에 걸렸고 코로나 후유증 때문인지 도무지 아무것도 할 수가 없었어요. 이제 겨우 정신을 차리고 청소도 하고 책상 정리를 하다가 효림이가 놓고 간 이모 물건을 발견한 거예요. 그래서 지금 하나씩 천천히 살펴보고 있는 중이에요.

와우! 이모, 김현자 씨! 민소매 블라우스에 체크무늬 치마를 입고 있는 이모 독사진, 정말 50년 전 거 맞아요? 그 당시에 치마 길이가 무릎 위로 올라간 미니스커트가 유행했었나요? 가수 윤복희가 미니스커트를 입고 처음 무대에 등장해서 난리가 났다던 그때가 이 무렵인가요? 또 한 장의 사진도 멋져요. 나무 의자에 살짝 걸터앉아 배시시 웃고 있는 이모의 폼이 마치 영화 포스터의 한 장면 같아요. 그리고 여러 사람이 북한산 입간판이 서 있는 곳에서 찍은 사진! 세상에, 몸에 착 붙는 바지에 나비형 선글라스를 끼고 서 있는 여자가 이모 맞죠? 요즘 패션계에 복고풍 바람이 불고 있는데 이 사진을 보면서 유행이란 게 이처럼 반세기를 돌아서 다시 찾아오는구나 하고 고개를 끄덕이게 되네요.

아, 잠깐만요. 냄새, 이 냄새! 우리 학원 빌딩을 청소하는 아줌마가 막 화장실 청소를 끝냈나 봐요. 킁킁거리기도 전에 락스 냄새가 사무실 안으로 은근히 퍼지고 있어요. 헌데 매우 죄송스럽지만, 이모는 내가 락스 냄새를 맡을 때마다 이모를 연상하는 걸 모르시죠?

—향수도 아니고 맛있는 음식 냄새도 아니고 하필

락스 냄새니?

내 말을 듣고 이모가 어이없어할 것 같은데……. 하지만 그게 사실인걸요. 내가 맨 처음 기억하는 락스 사건 속에 이모가 있거든요. 첫 기억이란 게 그런 건가 봐요. 좋았던 일이든 나빴던 일이든 그것과 관련된 수많은 일 중에서도 첫 번째 기억만 강렬하게 남으니까요.

이모 집에서 대학을 다녔던 일 학년 후반 무렵이었죠. 그날 아침, 새로 사서 아끼느라 몇 번 입지 않은 하얀 블라우스를 입고 학교에 갔어요. 꽤 조심조심했는데 아뿔싸, 점심을 먹다가 옷에 김칫국물이 튀었지 뭐예요. 얼른 학교 화장실에 가서 물비누로 비볐지만 소용이 없었어요. 집으로 돌아오자마자 빨랫비누로 박박 문질러보았죠. 아무리 해도 불그스름하고 칙칙한 색이 빠지지 않았어요. 오히려 얼룩 부분이 더 크게 자리를 잡았어요. 너무나 속상해서 울기 직전이었죠. 그때 이모가 밖에서 들어왔어요.

—지연아, 왜 그러니?

놀라서 이모의 큰 눈이 더 커졌지요.

—이거…….

난 울음이 터질까 봐 표현을 못 하고 블라우스를 이모한테 불쑥 내밀었어요. 이모는 '뭐, 별일 아니네.' 하는 듯 피식 웃으며 고개를 끄덕였어요. 그러고는 블라우스와 통에 든 어떤 액체를 들고 화장실을 왔다 갔다 했어요. 조금 후, 블라우스를 대야에 담가놓았으니 몇 분만 기다리라고 했어요. 난 자포자기 심정으로 방 안으로 들어갔지요. 다음 날 수업 준비를 하려고 했지만 아무것도 눈에 들어오지 않았어요.

—지연아, 이리 온나. 다 됐다. 깨끗해졌나 살펴보거래이.

기분이 좋으면 친근하게 경상도 말을 쓰는 이모의 말이 들렸어요. 하지만 난 전혀 기대를 하지 않았어요. 그저 처음보다는 조금 더 얼룩이 빠졌을까, 반신반의했지요. 그런데 이게 웬일이에요?

—어머나, 이모! 이게 진짜 아까 그 옷 맞아요? 말도 안 돼! 완전 깨끗해요! 이모, 이거 어떻게 한 거예요?

내가 흥분을 감추지 못하고 펄쩍펄쩍 뛰었잖아요. 그때 이모가 웃으며 말했어요.

—내가 예전에 미국사람들한테서 배운 건데 얼룩 없애는 데는 락스만큼 좋은 게 없더라.

저는 너무 신기했어요. 그 당시 엄마는 락스를 전혀 사용하지 않았고, 아니 그런 게 있는 줄도 모르고 있었거든요. 그날 이후 알게 됐는데 이모는 락스를 참 다양하고 적절하게 사용했어요. 락스로 얼룩을 빼는 일뿐 아니라 면으로 된 팬티나 런닝셔츠를 뽀얗게 만들곤 했어요. 심지어 과일과 채소를 씻을 때 또는 꽃꽂이 물을 갈아줄 때도 한 방울의 락스를 넣곤 하더라구요.

물론 내가 락스를 잘못 사용해서 오히려 흰 옷이 누렇게 변색되거나 컬러 옷이 얼룩얼룩 탈색되어서 못 입게 된 경우도 여러 번 있었어요. 락스가 독성이 강해서 많이 사용하면 오히려 문제가 생긴다는 사실을 나중에 알게 된 거죠. 헌데 지나치면 독이지만 적당히 사용하면 꽤 유용한 제품이라는 게 은근 매력이 있더라구요. 어쨌든 그런저런 일이 있고 난 후, 락스 냄새를 맡으면 곧 바로 이모가 연상되었고 그것이 곧 이모 냄새라고까지 느껴지게 된 거예요.

어쨌든 난 이모가 좋아요. 엄마가 이모하고 너무 다른 게 불만이었죠. 이모는 말도 천천히 차분하게 하고, 또 뭐라 할까, 보호본능을 자극하게 하는 무엇이 있어요. 엄마는 거칠고 좀 우악스러운 면이 있지만……. 언젠가 이런 일도 있었지요. 엄마가 나를 보고 '이그, 저 썩을 년'이라고 표현했을 때였어요. 물론 엄마의 그 말이 '지연아'라고 부르는 것만큼 흔한 거였지만요. 그때 이모가 엄마한테 대들 듯이 정색을 하며 한 말이 뭔지 아세요?

—엉아야, 참 얄궂다. 와 우리 이쁜 지연이한테 그리 험한 말을 쓰노, 잉?

그러자 엄마는 우리 둘을 흘겨보며 '둘이서 지랄병 한다'라고 말했고 이모와 난 한참을 낄낄거리며 웃었죠. 서로 통한다는 느낌이 그런 거 아닐까요?

참, 이모가 락스 사용법을 미국사람들한테서 배운 거라고 했죠? 새댁 시절 서울에 올라오자마자 용산에 있는 미팔군부대에서 일을 했다면서요. 이모, 저는 깡촌 출신인 이모가 어떻게 미군부대에서 일을 할 수 있었는지 정말 궁금해요. 일을 하려면 기본적인 의사소통이 되어야 하는 거 아니어요? 이모는 “그냥, 여러 번 같은 단어를 사용하니까 눈치껏 알아듣게 되더라” 하고 말했어요. 또 대충 몸짓 손짓으로 하는 바디랭귀지가 통하더라는 말도 했어요. 하지만 그게 어디 이모 말처럼 쉬운 일인가요. 제가 요즘 전화로 진행하는 영어회화수업을 받고 있는데 ‘밥 먹었니? 거기 날씨는 어때? 마실 것을 주세요’ 같은 그런 기본적인 표현도 바로 입에서 튀어나오지 않아서 애를 먹는걸요. 이모가 최고로 치는 A대학 나온 제가 말이죠.

이모는 미군부대에서 있었던 에피소드를 무용담처럼 들려주곤 했어요. 미군 사병 숙소를 청소하던 중 일어났던 얘기가 전 제일 쇼킹했어요. 이모가 유부녀인 걸 알면서도 이모를 좋아하는 남자들이 여럿 있었다죠. 그중 한 사람이 어느 날 침대 위에 돈을 뿌려놓고 이모를 겁탈하려고 했다고요? 이모가 소리를 지르자 다른 방 사람들이 달려왔고 그 남자는 이모가 자기 물건을 훔쳐가서 혼을 내려고 한 것뿐이라며 거짓신고를 했구요. 그러나 다행히 다른 남자들이 그가 거짓말을 한 거라며 이모를 변호해줘서 위기를 벗어날 수 있었다고 말했어요. 아마도 이모가 나한테 그런 말을 해준 건 '이 철부지 아가씨야, 남자들을 조심해'라는 경고성 멘트였던 것 같아요.

그 후 사병 숙소에서 나와 고약한 미국인 할머니 집에 가게 되었다고 했지요. 워낙 까다로운 할머니라서 한국인들 사이에서 기피 1호였는데 이모의 깨끗하고 부지런한 성격과 음식솜씨에 반했다죠? 그래서 이모를 미국에 데려가고 싶어 했다면서요.

—이모, 왜 미국으로 따라가지 않았어요?

내가 물었을 때 이모는 아득한 곳을 바라보는 듯 눈을 가늘게 뜨고 잠시 생각에 잠겼었죠.

—그 부자 할머니가 자기를 마미라고 부르라며 날

딸처럼 예뻐했어. 헌데 그때 따라가면 영영 한국에 못 돌아올 것 같더라. 그게 무섭더라. 영어는 고사하고 한글조차 잘 모르니까……

난 이모가 바보처럼 복을 차버렸다고 생각했어요. 전쟁 통에 고아가 된 사람이 맘 좋은 선교사를 만나 미국에 가서 성공한 케이스를 뉴스에서 본 적이 있거든요. 이모는 글을 모른다고 했지만 내가 볼 때 한글뿐 아니라 영어 알파벳도 쓸 줄 알았어요. 게다가 미군부대에서 일을 해서 그렇다고는 하지만, 이모 가게에 온 외국인 손님을 보고 '나이스 미츄' '웨어 아유 프롬' '워류 워너 잇?' 같은 말이 술술 나오는 걸 봤거든요. 그러니 이모가 아주 늦게까지 한글을 몰라서 애를 먹었다는 건 상상하지도 못했어요. 단지 엄마나 이모 나이의 어른들이 그렇듯이 국민학교에서 겨우 한글과 숫자를 터득하고 더 이상 교육을 못 받은 걸 가지고 그렇게 말하는 것으로 알았죠.

지금 돌이켜보니까 이모는 늘 배움에 굶주려 있었어요. 길을 걷다가도 눈에 띄는 간판 이름을 소리 내서 읽곤 했잖아요.

—국민은행, 보성약국, 저건 뷰티헤어 근데 저 치과는 해말…….

이모는 해맑음이라는 단어가 읽기 어려워서 쩔쩔맸어요.

—아이참 이모, 저 많은 간판을 다 읽을 참이야?

난 이모가 그러는 게 창피해서 갈 길을 재촉하곤 했죠. 또 이모가 왜 그러는지 이해할 수가 없었어요. 그때 이모는 마치 한글을 하나둘 깨친 어린애가 엄마한테 잘한다고 칭찬받으려고 하는 모습이었어요. 그래요, 나중에 알게 되었지만, 그게 한 자 두 자 쓰고 또 써서 스스로 터득한 한글이니까 맞는지 확인해보고 칭찬받고 싶은 거였군요. 그 일 또한 사실을 몰라서 이모를 오해했던 것 중 하나랍니다.

어머나, 이모! 이렇게 오랫동안 한 줄 일기를 쓰고 계셨어요? 가계부도 쓰고 있는데 별도로 일기를, 그것도 한 줄 일기 쓸 생각을 하시다니……. 어떻게 이런 좋은 방법을 생각해냈지요? 우리 학원에서 학생과 성인 대상으로 글쓰기 수업을 할 때 글쓰기 습관을 기르게 하려고 한 줄 일기를 쓰게 하거든요. 그런데 이모는 누가 시킨 것도 아니고 가르쳐주지도 않았는데 스스로 좋은 방법을 터득해냈네요. 그저 본인이 하고 싶어서 시작하는 일이 얼마나 큰 효과를 낼 수 있는지 이모가 증명해 보이고 있네요.

—2.15 아분 침 막고 가일 마니 사고 돌아왔다 또 하루가 금방 다 갓다

—7.26 오래간만에 햇빗을 보니 너무 조와서 빨래도 마니 하고 잘 말래

—10.10 오늘 탤래비가 고장나서 사람이 와서 고치고 갓다 하루가 금방

마침표와 쉼표가 없는 글, 맞춤법이 틀렸지만 그만큼 더 정감이 가는 글. 이모가 짤막하게 쓴 글들을 읽다 보면 안개가 가득 찬 이른 아침 풍경 속에 내가 서 있는 것처럼 느껴져요. 그러면서 이런저런 생각에 빠져들곤 해요. 이것이 바로 자신의 감정을 숨김없이 생

생하게 표현한 글이 주는 마력 아닐까요? 이모의 꼼꼼한 성격이 보이기도 하지만 공백 속에 어떤 열망 같은 게 가득 담겨 있는 것처럼 느껴지네요. 한 줄이 꽉 차면 다음 줄로 넘어가지 않고 문장을 툭 잘라버린 글. 그게 이모의 성격을 말해주는 것 같아서 쿡, 웃음이 나오네요. 남의 눈치 안 보고 할 일, 할 말을 속 시원히 해버리는 이모를 보는 듯해요.

이모는 엄마의 표현처럼 '손끝이 야물'뿐만 아니라 영리하고 똑똑했어요. 이모부 돌아가신 후 칼국수 가게를 혼자서 야무지게 운영하는 것을 볼 때도 그랬고 여러 사람들과 유연하게 관계를 맺는 것도 그랬어요. 내가 목격한 장면 중에 이런 일이 있어요. 칼국수를 먹고 난 남자 손님이 그의 아내에게 "너도 이 김치처럼 좀 맛있게 만들어 봐라."라고 말하더라구요. 그때 이모가 뭐라고 말한 줄 아세요?

—에구, 나만큼 나이 들면 다 잘하게 돼요. 지금 이렇게 젊고 이쁜 아내가 좋아요? 음식만 잘하는 노인네가 좋아요?

이모가 그렇게 말하자 뾰로통해 있던 여자 얼굴이 밝아지더니 남자를 향해 고소하다는 듯 삐죽 입을 내밀었어요. 그 모습을 지켜보며 난 이모가 얼마나 지혜로운 사람인지 알았다니까요.

이제는 이모가 스프링 공책 겉장에 적어놓은 1, 2, 3 순서대로 공책을 하나씩 펼쳐보고 있어요. 공책이 누렇게 바랜 것부터 최근에 쓴 것까지 제법 많네요. 비를 맞았는지 물을 쏟았는지 겉장이 얼룩진 것도 있구요. 표지뿐 아니라 속지도 많이 낡았어요. 물론 흉을 보는 게 아니에요. 오히려 이모가 그동안 얼마나 자주 들여다보았고 얼마나 오래도록 간직했는지 증명해주는 거 같다는 말이에요.

아, 여기, 이모가 알파벳이랑 영어단어를 연습한 공책이 있네요. 내가 써드린 STOP, HOT 그리고 COFFEE, LOVE, HAPPY 단어들. 참, 이 영어단어들을 보니까 이모가 교통사고로 잠시 입원하셨던 그때 생각이 나요. 이모도 그 사건을 기억하시죠? 그날 이모가 택배 트럭 백미러에 어깨를 부딪쳐 넘어졌잖아요. 생각만 해도 위험한 순간인데 그래도 크게 다치지 않아서 얼마나 다행이었는지 몰라요. 내가 전화를 받고 제일 먼저 병원으로 달려갔지요.

—이모, 진짜 원더우먼이다. 트럭에 부딪히고도 어떻게 이렇게 멀쩡할 수가 있우?

내가 웃으면서 농담을 건넸잖아요. 그때 환자복을 입은 이모는 뭔가 드시고 계셨어요.

—지금 뭐 드세요? 밤참?

—낮에 친구가 반숙 계란을 사다 놓고 갔어. 노른자가 촉촉해서 맛있다. 너도 하나 먹어봐.

—근데 이모, 지금 뭐 찍어 먹는 거예요?

—소금이지. 요즘은 소금도 이렇게 굵게 나오나 보네.

하지만 이모가 찍어먹고 있는 게 소금 같지 않았어요. 동글동글 굵은 알들. 매우 익숙해보이는 알맹이들.

—이모, 잠깐! 먹지 말고 기다려요. 이거 뜯은 봉지 어디 있어요?

내가 침대 옆 쓰레기통에서 엄지손톱만큼 작은 비

닐을 꺼냈어요. SILICA GEL. 거기 적힌 글자였어요.

—아이고야, 이모, 이거 먹으면 안 돼. 큰일 나. 소금이 아니라 제습제야, 제습제.

—왜 그런 게 여기 들어 있나? 당연히 소금인 줄 알았지.

전 화가 나서 씩씩거렸어요. 찜질방이나 기차역 등지에서 삶은 달걀을 사면 그만한 소금을 넣어주니까 많은 사람이 그렇게 오해할 수 있겠다 싶은 거예요. 소비자가 고령자이면 더더욱. 근데 대형업체에서 그런 점을 예측하지 못했다니……. 더구나 실리카겔 글씨는 한글도 아닌 영어였어요. 그걸 먹으면 안 된다는 문구는 여러 개 달걀을 싼 겉 포장지 한가운데 아주 조그맣게 쓰여 있었구요.

문득 오래전에 화제가 되었던 뉴스가 생각났어요. 독극물을 일상적으로 취급하는 시골에서 글씨를 읽을 줄 모르는 노인이 가루형 농약을 밀가루인 줄 알고 요리에 넣었다가 큰 사고가 났었던 일. 아예 독극물을 드링크로 착각해서 마셔버린 사고도 있었잖아요.

나는 곧바로 종이를 들고 앉아서 우리 주변에서 흔히 볼 수 있는 중요한 영어단어를 몇 개 썼어요.

—이모, 이 글씨가 스탑 STOP, 멈추라고 말할 때 쓰는 그 단어예요. 이건 핫, 뜨겁다와 맵다는 뜻의 HOT. 이걸 따라서 그대로 써봐요.

만약 어린아이에게 가르쳐준다면 어떤 영어 단어를 제일 먼저 써줄까 고민하다가 생각해낸 거죠. 길을 건널 때 빨간불과 함께 켜지는 STOP과 뜨거우니까 조심해야 한다는 의미의 HOT이라는 글씨만큼은 알고 있어야 하겠다 싶어서 써드렸던 거죠. 근데 이모가 쓴 알파벳 대문자 에스(S) 글자는 한글 ㄹ자처럼 생겼어요. 아무리 가르쳐드려도 뒤집혀진 채로 안 고쳐졌지요. 그래서 스탑 단어가 'ㄹTOP'이 됐어요! 삐뚤빼뚤하고 크기도 제각각인 이모의 글씨는 마치 그림을 그린 것 같아요. 오히려 더 따뜻하고 친근하게 보여요. 진짜예요, 이모. 내가 이모 기분 좋으라고 괜히 지어서 하는 말이 아니에요.

아, 내가 COFFEE라는 단어를 가르쳐드린 날도 기

억이 나네요. 이모가 좋아하는 인스턴트커피를 타고 있었는데 이모가 뜯어놓은 커피 봉지를 들고 한참 동안 요리조리 살펴보더라구요. 처음에는 늘 마시는 커피인데 왜 그러실까 의아했죠.

—이모, 이 영어 글씨 보고 있는 거예요? 이거 무슨 뜻인지 알겠어요?

내가 COFFEE라고 적힌 글씨를 손으로 짚으며 물었어요. 이모가 고개를 저었지요.

—이게 바로 커피라는 글씨예요.

—그렇지?

이모가 동그랗게 뜬 눈을 반짝이며 말했어요.

—씨오에프에프이이! 알파벳은 나도 읽을 줄 알아. 근데 그게 커피라는 뜻이라는 건 몰랐어. 대충 그럴 거라고 추측만 했지. 알고 나니까 속이 다 시원하다, 얘!

이모는 어린애처럼 좋아했어요.

—아이참, 궁금하면 나나 효림이한테 물어보고 그러시지. 그럼 커피 말고 또 어떤 단어를 알고 싶어요?

이모는 이마에 살짝 주름을 잡으며 잠시 진지하게

생각했어요.

—응, 러브랑 해피. 그런 말을 카드 같은 데 많이 쓰잖아.

내가 두 개 단어를 대문자와 소문자 모두 써드렸는데 이모는 소문자를 어려워했어요.

—난 이것만 알란다. 이 꼬부랑꼬부랑 글씨는 아무리 봐도 모르겠다.

이모는 알파벳을 대문자만 알았어요. 그게 내가 일본어에서 히라가나는 아는데 외국어를 표기하는 가타카나는 안 외워지는 것과 비슷하다는 생각이 들더라구요. 내친김에 몇 가지를 더 알려드렸잖아요.

—이모, 편의점 이름 씨유 알지요? 이쪽 학교 앞 말고 저쪽 굴다리시장 들어가는 입구에도 하나 있잖아요.

—그럼, 씨유 알다마다.

이모는 아주 자신있게 대답했어요.

—간판에 쓴 알파벳 씨유가 '다시 만나자'라는 뜻의 영어회화를 줄여서 표현한 건데 그거 아세요?

—어머나, 씨유 레러, 씨유 투마로, 씨유 어게인 할

때 그 씨유?

이모는 미국사람들과 인사를 할 때 많이 사용해서 잘 알고 있는 회화를 예로 들었어요.

—맞아요, 이모. 그 씨유예요. 손님들한테 또 찾아오라는 뜻으로.

—세상에!

그 순간 이모가 얼마나 신기해하고 기뻐했는지 몰라요. 새로운 사실을 알게 되었다며 몇 번이고 고개를 끄덕이던 이모의 모습이 지금도 생생해요.

병원에서 실리카겔 사건 때문에 이모한테 몇 개 영어 단어를 가르쳐드리고 있을 때 간호사가 병실 안으로 들어왔지요. 전신 MRI 촬영을 하러 방사선실로 가야 한다고 했어요. 겉으로는 멀쩡해 보이지만 넘어지면서 어딘가 금이 갔거나 문제가 생기지는 않았는지 확인하는 정밀검사였어요. 전 대기실 앞에서 스마트폰을 들여다보며 검사가 끝나기를 기다리고 있었어요.

—김현자 님 보호자 분 계십니까?

원내방송으로 이모 이름이 들렸고 방사선과 의사가 보호자를 찾고 있었어요. 황급히 달려간 저를 보고 의사가 대뜸 물었어요.

—혹시 어머니가 머리를 크게 다치신 적이 있나요?

이모가 내 어머니인 줄 알고 하는 말이었죠.

—글쎄요, 이모님이신데…… 잘 모르겠어요. 무슨…… 나쁜 일이라도……

나는 놀랍고 당황스러웠어요.

—아, 다름 아니고 왼쪽 머리에 큰 상처가 남아 있네요. 혹시 평소에 간질이나 어떤 발작 증세를 보이지 않으셨나요?

—제가 알기로는 그런 일이……. 없었던 것 같아요.

—그럼 천만다행입니다. 상처 자리가 간질 같은 나쁜 현상이 나타나기 쉬운 부분이거든요. 물론 오래된 흔적으로 남아 있으니까 지금 그런 증세가 없다면 문제될 건 없고요. 단지 확인하는 겁니다.

의사는 다른 이상이 없었다니 다행이라고 거듭 말했어요. 검사를 끝낸 이모한테 그 얘기를 해줬는데 이모는 갸우뚱 고개를 흔들 뿐 다른 말이 없었죠.

퇴원 후였어요. 엄마랑 이모가 함께 있는 자리에서 내가 이모 머릿속에 있는 상처 얘기를 꺼냈지요. 그랬더니 엄마가 생각났다는 듯 무릎을 탁 쳤어요.

—너 효림이 애비가 때려서 넘어지면서 머리를 바닥에 부딪힌 적이 있었잖아. 생각 안 나? 그때 머리에서 피가 많이 났었다며?

효림이가 아주 어릴 때 일이라고 했어요. 그러자 그 일이 생각나는지 이모는 주먹을 꼭 쥔 채 부르르 떨며 중얼거렸어요.

—그 인간……. 걸핏하면 손찌검을 했어.

이모부가 술꾼인 줄은 알았지만 폭력을 쓴 건 몰랐기 때문에 전 매우 놀랐어요.

—으이그 그놈의 작자, 시골 새댁을 서울로 데려와서 평생 고생만 시켰지. 일찌감치 잘 가뿌렸다!

엄마는 십년 전에 간경화로 돌아가신 이모부를 원망했지요. 이모는 아무 말도 하지 않았구요. 전 이모가 어려운 결혼생활을 했다는 걸 그때 알았죠. 이모가 평소에 밝고 고왔기 때문에 모를 수밖에요.

나중에 내가 엄마한테 이모의 과거에 대해서 꼬치꼬치 물었어요. 그랬더니 이모의 친엄마가 다섯 살에 돌아가시자 살던 부산을 떠나서 시골집으로 들어오게 된 거라고 엄마가 말해줬어요. 난 그동안 외할머니의 디엔에이 중에서 우성인자가 엄마가 아닌 이모 쪽으로 가서 두 사람 사이에 차이가 생긴 거라고 믿고 있었어요. 이모가 엄마보다 훨씬 키가 크고 예쁜 것도, 효림이가 네 살이나 아래지만 나보다 키가 훨씬 큰 것도 그렇게 해석했죠. 그런데 이모와 엄마가 배다른 자매였네요. 그러자 어쩐지 이상하다고 생각했던 일들이 한꺼번에 이해가 되더라구요.

그런데 이모, 효림이는 아직도 그 사실을 모르고 있는 거죠?

—언니, 큰이모도 뇌검사 해봤어? 나이가 더 많은 큰이모는 건강하신데 왜 동생인 우리 엄마는 뇌졸중일까? 외할머니도 괜찮으셨다면서? 참 이상하다. 외할아버지나 아버지 쪽으로도 뇌졸중 걸린 사람이 없

다고 하던데……

효림이가 고개를 갸우뚱하며 이런 말을 했거든요.

—뇌졸중이 완전 가족력이라니까 난 벌써부터 걱정이 돼. 나라고 마냥 피해 갈 수 있겠어? 언니도 자주 혈압 체크하고 운동 열심히 해야 해.

그렇게 두 번 세 번 강조를 하더라구요. 이모의 친어머니가 일찍 돌아가셨다니까 그쪽 가족력도 알 수는 없지만, 효림이는 다른 외할머니가 계시리라고는 아예 상상을 못 한 거죠.

그러고 보니 효림이가 "엄마랑 큰이모는 참 안 닮았어."라고 말하자 이모가 몹시 당황해하던 모습이 기억나요. 이모, 이모는 첩의 자식이라는 게 알려질까 봐 노심초사했다면서요. 행여라도 자식에게 피해가 갈까 봐 조심조심 숨죽이며 살았을 날들을 생각하니 마음이 아려요. 이모가 요양원에 들어가기 전에 내가 이런 말을 해줬다면 어땠을까 생각해보았어요.

—이모, 그건 이모 잘못이 아니잖아요. 아주 오래전에 있었던 어른들 사이의 일일 뿐인걸요. 이모가 그

짐을 질 이유는 없어요.

글쎄요, 어쩌면 이모의 자존심을 생각해서 그동안 그랬던 것처럼 사실을 전혀 모르는 척하는 게 나은 걸까요?

그나저나 어릴 때부터 이모가 계모 즉, 우리 외할머니 구박을 심하게 받았다면서요.

—현자 걔 어릴 때부터 이래저래 고생 참 많이 했다. 근데 우리 형제한테 엄격했던 아버지가 어린 게 불쌍하다면서 밥상머리에 앉혀놓고 맛있는 걸 떠먹여주더라. 나도 그 꼴이 보기 싫은데 그걸 보는 늬 외할머니 마음은 어땠겠니? 우린 아버지 돌아가실 때까지 그런 사랑을 한 번도 못 받아봤지.

물론 다 어릴 때 얘기지만, 아버지 사랑을 독차지하는 배다른 동생이 미워서 지금은 캐나다에 계시는 외삼촌이랑 엄마가 어린 이모를 자주 때렸다고 말했어요. 어느 땐 먹은 걸 토해낼 때까지……. 근데 그것뿐이 아니었더군요.

—현자가 똑똑해서 학교를 조금만 다녔어도 큰일

했을 낀데…… 난 국민학교를 나왔지만 암것도 모르지. 근데 갠 하루 온종일 일하느라 학교는 문턱에도 못 가봤지만 별걸 다 알잖냐.

엄마도 이모가 글을 어떻게 혼자 깨우쳤는지, 얼마나 배우려고 애를 썼는지 뒤늦게 알았다면서 그걸 신기해했어요. 그러면서 이모가 해준 얘기를 나한테 그대로 전해줬어요.

—서울 막 올라와서 이태원에 살 땐데 주인집 딸애가 언니라고 부르며 날 잘 따랐어. 처음 공중목욕탕엘 같이 갔는데 번호표를 하나씩 주는 거야. 내가 그걸 들고 쩔쩔매자 그 애는 내가 처음 목욕탕엘 와서 그러는 줄 알고 웃었어. 내 번호표를 찾아서 거기다 옷이랑 소지품을 넣으라고 가르쳐주었지. 그날은 그 앨 졸졸 따라다니면서 시키는 대로 하면 됐지. 하지만 그 후 목욕탕엘 가고 싶은데 혼자서는 도저히 겁이 나서 못 가겠더라. 그때만 해도 글씨를 몰랐으니까. 여긴 시골이 아니고 서울인데 글을 알아야 할 게 얼마나 많아? 근데 사람들은 아무도 내가 한글과 숫자를 모를 거라고

생각하지 않았어. 영어도 아니고 한글을 말이야.

'아, 얼마나 답답했을까? 서울에 사는 예쁘장한 젊은 아낙네가 제 나라 글씨인 한글을 읽지도 쓰지도 못한다고 하소연할 데가 없었으니…….'

무엇보다 이모가 글자와 숫자를 하나둘 알게 된 과정이, 그 노력이 정말 스펙터클해요. 가게 주인이 이모의 외상 장부에다 '콩나물 10원, 두부 한 모'라는 글자를 쓰면서 입으로 읊조린 내용을 외워 놓았다가 집에 돌아오자마자 반복해 쓰면서 한글을 조금씩 터득했다구요? 세상에나, 정말 그게 가능한 일이에요?

여기 공책을 보면 이모가 좋은 글귀들을 많이 적어 놓았네요. 짧은 문장도 있고 긴 문장도 있는데 한 번만 쓴 게 아니라 여러 번 반복하고 반복해서 썼어요. 난 처음에 그게 단순한 베껴쓰기를 한 건 줄 알았어요. 우리도 책을 읽다가 마음에 드는 구절이 있으면 잊지 않으려고 혹은 나중에 어딘가에서 인용하려고 글들을 적어놓곤 하거든요. 근데 이모가 이렇게 써놓은 게 한글 연습이었군요. 내용이 좋아서 베껴쓰기를 한 게 아니라 스스로 글을 배우기 위해서 연습한 건 다르죠. 아, 글을 알고 싶은 열망이 얼마나 컸길래! 여러 권의 연습장 공책에다 이모는 같은 단어, 같은 문장을 수도 없이 반복해서 쓰고 또 썼어요. 사실 난 그동안 글씨를 읽고 쓸 줄 모르는 사람이 얼마나 가슴 답답한지 그 심정을 헤아릴 줄 몰랐어요. 이모가 글씨들을 잊지 않으려고 쓰고 또 쓰며 계속 연습한 걸 보니 왈칵 참았던 눈물이 나요.

몇 년 전 스페인으로 여행을 갔을 때가 생각나네요. 간판이며 물건 이름에 써놓은 글씨를 알 수 없고 가게 주인과 대화가 통하지 않아서 얼마나 답답했는지 몰라요. 그들 대부분은 스페인어 이외에 간단한 영어도 쓸 줄 몰랐거든요. 그래서 먹을 걸 사려면 그저 손가락으로 그 물건을 가리켜야 했죠. 심지어 우리나라의 태국 마사지샵에 갔을 때도 그랬어요. 새로 들어온 아가씨가 영어도 못 하고 한국어는 '언니, 아파요? 괜찮아?' 몇 개 단어만 툭툭 내뱉었어요. 필요한 걸 요구해야겠는데 말이 통하지 않아서 아주 애를 먹었죠. 결국 한국인 주인을 불러 통역을 해야 했구요. 그래서 이모가 글을 몰라서 속앓이했던 심정이 조금은 이해가 되네요.

'내가 좀 더 일찍 이모의 사정을 알았더라면 좋았을 텐데…… 그랬다면 이모가 혼자서 한글과 숫자를 터득하고 알파벳까지 알게 된 그 일을 아주 많이 칭찬해 드렸을 텐데……'

내가 글을 꼭 알아야 할 이유를 조금 더 진지하게 생각해보게 된 계기가 있어요. 텔레비전의 다큐 프로그램 〈학교 가는 길〉을 볼 때였어요. 차마고도와 같은 오지에 살면서, 또 험한 산을 몇 개씩 오르고 깊은 물을 건너면서 죽기 살기로 학교를 가는 이유가 뭘까? 사람이 죽어가는 전쟁통에도 천막 학교를 열어 가르치고 배우는 그 열정은 대체 뭘까? 그게 놀랍고도 궁금했어요.

이모, 유명연예인 중에도 대본을 읽을 줄 몰라서 녹음한 것을 듣고 외운 사례가 많더라구요. 글쎄, 이모가 좋아하는 배우 톰 크루즈는 단순 문맹이 아니라

난독증 때문에 대본을 읽지 못한대요. 중국 배우 성룡은 집안이 가난했던 탓에 스타가 된 뒤에야 겨우 한자를 익혔대요. 어떤 유명 야구선수는 글씨를 쓸 줄 몰라서 입단계약서에 X로 사인을 했다는 에피소드도 있어요. 내가 본 영화 〈중앙역〉에서는 여주인공 도라가 문맹인들을 대신해 편지를 읽고 써주는 직업을 갖고 있는데, 그것으로 1990년대 브라질 문맹률을 짐작할 수 있다네요. 우리나라도 1960년대까지 이름만 쓸 수 있거나 읽기는 하는데 쓰지 못하는 사람들이 상당수였대요. 그래서 1967년 선거 때 후보자 기호를 숫자가 아니라 작대기로 표기했던 거래요. 이런 얘기를 알면 알수록 난 이모가 더 대단한 사람으로 느껴져요.

이모의 소지품들을 훑어보는 동안 기분이 묘했어요. 돌아가신 분의 물건이 아니건만 꼭 유품을 대하는 것처럼 한없이 아쉽고, 슬프고, 아련하기만 하네요. 그러면서 이 물건들을 하찮게 여기고 버린다면 한 여인의 삶을 제대로 기억할 수 없다는 생각이 드는 거예요. 드문드문 엿들은 이야기만으로도 이모의 삶은 특별하거든요.

이모, 오늘에야 고백하는 건데 난 늘 이모한테 빚을 지고 있는 기분이었어요. 이모는 내가 A대학에 합격하자 누구보다 좋아하셨죠. 그리고 내 첫 대학 등록금을 내주셨잖아요? 아무리 가까운 사이라 해도 그렇게 큰돈을 선뜻 내주기는 쉽지 않은데……. 더구나 이모부 돌아가시고 혼자서 딸 키우고 일해서 번 돈인데 말이죠. 그때 엄마는 "현자 걔가 통이 크긴 크다" 하며 좋아하셨어요.

하지만 이모가 사람들에게 내 자랑을 하고 싶을 때마다 번번이 학교 이름을 꺼내 엉뚱하게 얘기를 둘러대는 건 정말 듣기가 불편했어요.

—글쎄, 얘가 내 조칸데 A대 다니는 여대생이 이런 것도 모른다니까요. 요즘 대학에서 대체 뭘 가르치는지 모르겠어요.

그게 흉을 보는 게 아니라 조카 자랑을 하는 걸 사람들이 다 아는데, 빤히 속보이는 일인데 싫어서 얼마나 부끄러웠는지 몰라요. 이모가 의외로 주책맞다는 생각마저 들었죠. 근데 이제야 깨달았어요. 이모가 문턱에도 가보지 못한 학교, 이모가 알고 있는 국내 최고라고 여기는 A대학에 들어간 조카가 부럽고 대단해 보였던 거죠? 그래서 제 일처럼 기쁜 마음으로 내 등록금을 내주신 거였죠? 그리고 동네방네 소리쳐 자랑하고 싶었던 거죠? 내가 못 한 일을 조카가 해냈다고. 그 마음을 헤아리지 못한 제가 참 멍청이였네요.

아이러니하게도, 요즘 들어서는 글을 읽을 줄은 알지만 쓸 줄은 모르는 사람이 늘어나고 있어요. 왜 그런 줄 아세요? 그게 키보드가 대중화된 탓이래요. 그래서 중국과 일본 젊은이들 중에는 어렵거나 자주 안 쓰이는 한자를 아예 쓸 줄 모른다네요. 우리나라 학생들도 문장을 이해하는 문해력이 많이 뒤떨어졌고 속어나 비문을 공식 서류에 그대로 사용하고 있어요. 학원에서 아이들을 가르치다 보면 그런 경우를 많이 봐요. 앞으로는 더 큰일이지요. 배우지 못해서, 배우고 싶어서 평생 안달을 하는 이모 같은 분이 계시는 반면에……. 이모의 마음을 1%라도 이해할 수 있다면 이런 현상이 안 일어날 텐데 말이죠.

조금 전에 내가 효림이한테 전화를 걸었어요.

—언니, 엄마 물건 다 살펴봤어? 어때? 괜찮은 게 좀 있어?

효림이는 카페에서 동창들을 만나는 중이라며 한꺼번에 질문을 던졌어요. 재즈풍 음악소리와 함께 시끌벅적한 카페 분위기가 느껴졌어요.

—그래, 이 귀한 물건을 버리지 않고 모아둔 거 참 잘했어.

내가 칭찬하자 효림이가 "정말?" 그러면서 크게 웃었지요.

'그래, 바로 이런 게 보물이야. 고물이 아니고 보물! 이제는 손편지도 거의 안 쓰고 기껏해야 간단한 문자나 이메일이 전부잖아. 그러니까 이렇게 진심을 담아 직접 볼펜을 꾹꾹 눌러 쓴 글들이 귀한 거야.'

마음속으로 그렇게 생각하고 있었지만 굳이 입 밖으로 그 말을 소리 내지는 않았어요. 우리가 앞으로 얘기를 나눌 기회는 많을 테니까요.

—내용보다도 그 자체로 가치가 충분하다고 생각해. 효림아, 이걸로 책을 만들자. 편집하고 출판하는 일은 전부 내가 알아서 할게. 넌 다른 자료가 더 있나 찾아봐. 혹시 이모가 우리 엄마랑 외삼촌하고 주고받은 편지 같은 게 있어도 좋아.

본인이 쓴 글 이외에 주고받은 편지 같은 게 있으면 책 뒤쪽에 싣는 방법도 있으니까요. 어쩌면 캐나다에서 외삼촌이 카드 같은 걸 한두 번 보내지 않았을까 싶네요.

이모, 이번 기회에 이모한테 진 빚을 갚을 수 있게 된 것 같아 기분이 좋아요. 내가 이모의 삶을 조망하는 멋진 책을 만들어볼게요. 기대하셔도 좋아요. 이모 이름 김현자가 새겨진 그 책을 이모가 읽을 수는 없더라도 직접 만져볼 수 있게 해드릴게요. 이모, 그때까지 기다려주셔야 해요. 약속해요, 꼭꼭!

해뜰날

연습실에서 이미지 트레이닝을 하고 있을 때였다. 밖에서 컴퓨터 작업을 하고 있던 조명 담당 임씨가 나를 불렀다.

—철희 씨, 작년에 잠시 가서 일 도와줬다는 데가…… 산천시 맞지요?

나는 그의 말이 채 끝나기도 전에 자리에서 벌떡 일어났다.

—네, 맞아요. 그런데 왜요?

물음과 동시에 그가 켜놓은 인터넷 화면에서 '방역 근무 중이던 산천시 공무원 과로로 쓰러져'라는 글씨를 보았다.

'혹시 주 선생님?'

나는 얼른 주승민 선생의 전화번호를 찾아 통화버튼을 눌렀다. 신호음이 여러 차례 울렸지만 전화를 받지 않았다. 몇 번을 다시 시도하다가 오씨 아저씨는 무슨 소식이든 알고 있겠다 싶어 그리로 전화를 걸었다. 하지만 아저씨도 전화를 받지 않았다. 또 큰일이 생긴 거 아냐? 가슴이 두근거렸다.

더 이상 공연 연습할 기분이 아니었다. 나는 전화기를 앞에 둔 채 기도를 올리는 심정으로 눈을 감았다. 산천에서 만난 사람들과 그곳에서 새롭게 경험했던 일들이 생생하게 되살아났다. 산천에서의 한 달. 내가 그때 산천에 가지 않았다면 현재의 시간이 만들어졌을까?

*

추석 연휴가 끝날 무렵이었다. 나는 단원들과 합숙하며 고생고생해서 마련한 연극이 막도 올리지 못한 채 주저앉았기 때문에 의기소침해 있었다. 반년 가까이 춤과 발성을 새로 배우며 준비를 끝낸 창작공연극 〈해 뜰 날〉이 극단 대표의 미투 사건 연루로 무산되었던 것이다. 단원들끼리 힘을 모아 재기하려고 애를 썼지만 결국 물거품이 되고 말았다. 고생한 보람도 없이 무대에 한 번 서보지도 못했으니 더 이상 아무것도 하고 싶지 않았다.

어느 날, 며칠째 방구석에 틀어박혀 꼼짝을 않는 나를 아버지가 불러냈다.

—철희야! 너, 오정한 아저씨 기억나니? 그 아저씨 집에 가서 일 좀 도와드려라. 어제 전화 통화를 했는데…… 일손은 부족한데 몸이 안 좋단다. 널 보내겠다고 했다.

아버지는 내 의향을 묻는 것처럼 말했지만 이미 약속이 된 거였다. 내가 연극판으로 돌아다니는 걸 처음부터 못마땅해하던 아버지였다. 어쩌면 이번이 내가 다른 일을 할 수 있는 탐색 기회라고 생각하는 건지, 아니면 무조건 내 우울한 상판대기를 보고 싶지 않은 건지 알 수 없었다. 나도 엄마의 근심과 아버지의 냉

소를 견디기 어려웠다. 며칠만이라도 집을 떠나 있고 싶었다. 그래서 아무것도 모른 채 받아들인 산천행이었다.

산천은 북한하고 인접해 있는 지역으로 서울에서 두 시간이 채 안 걸리는데 경기도가 아니라 강원도 어느 작은 마을처럼 보였다. 시외버스에서 내리는 나를 오씨 아저씨가 기다리고 있었다. 아버지와 군대 동기인 아저씨는 일단 점심을 먹자며 앞장서서 근처 식당으로 들어갔다.

—철희 너는 서울에서 태어나고 자랐지? 근데 촌구석에 와서 뭔 일을 할 수 있겠니?

식사를 기다리는 동안 아저씨가 물었다. 막상 나를 오라고 했지만 걱정이 되는 모양이었다. 나는 머리를 긁적였다.

—참, 너 운전면허는 갖고 있냐?

—네, 1종 면허……

—됐다. 시골에선 운전이 필수야. 여러 가지 장비랑 농작물을 사고 옮겨야 할 일이 수월찮게 많아. 이따가

농협에 들렀다 가자.

밥을 다 먹은 후였다. 자판기에서 믹스커피를 뽑으며 아저씨가 또 다시 말을 했다.

—늬 아빠가 어떤 생각으로 널 여기 보냈는지 모르겠다만…… 시골은 자잘하게 할 일이 많아. 계절이며 날씨에 맞춰 움직여야 하니까 아프다고 미룰 수도 게으를 수도 없어. 특히 구시월에는 눈에 보이는 게 모두 일이다, 일. 여튼 우리 집에 있는 동안 잘해보자!

종이컵을 구겨 쓰레기통에 던진 아저씨가 내 등을 두드리며 웃었다.

아저씨 집은 마을 끝자락에 있었다. 아저씨가 현관문을 열자 오래전에 본 적이 있는 아줌마가 두 팔을 벌리며 가까이 다가왔다. 그런데 이내 손을 내리며 무안해했다.

—어머나, 김철희가 그새 어른이 됐네.

—당신은 철희가 아직도 초등학생인 줄 알았어?

두 분이 허물없이 대해주었다. 다행히 가까운 친척 집에 온 듯 마음이 수굿해졌다.

늦게 자고 늦게 일어나던 터라 아침에 일찍 일어나는 게 제일 힘들었다. 그러나 다들 새벽부터 바삐 움직이는데 젊은 놈이 마냥 누워 있을 수는 없었다. 방 밖으로 나가니 아줌마가 몸빼 바지에 팔토시를 한 채 장화를 신고 있었다.

—내가 새마을부녀회 회원이야. 거기 한번 가볼텨?

—부녀회라면…… 여자들만 가는 데 아닌가요?

내 말이 우스웠는지 아줌마가 요란스레 웃었다.

—물론 회원들은 여자들이지. 하지만 큰일 할 때는 남자들 손이 많이 필요해. 그래서 도와주러 오는 남자들이 많아.

그때 아저씨가 창고에서 연장을 내오며 소리를 높였다.

—거긴 나중에 가고…… 철희야, 넌 오늘 고추밭에서 나랑 마무리 작업할 게 있다.

아줌마가 돌아서며 입을 삐죽 내밀었다.

고추밭은 집에서 가까운 곳에 있었다. 그곳으로 걸어가는 동안 아저씨가 느릿느릿 말을 꺼냈다.

—늬 아줌마, 처음 이리로 이사 오는 거 엄청 반대했지. 도시생활에 익숙한데 냄새나고 문화생활이 부족한 촌이 싫을 수밖에……

아까 아줌마한테 큰소리를 낸 게 미안해서 하는 얘기 같았다.

—이젠 좋아하셔요?

—글쎄다. 처음엔 몸살을 앓더니…… 그래도 요즘은 부녀회 일 하면서 여자들과 어울리고 재미를 붙인 것 같더라.

아저씨네 고추밭에는 대여섯 번 따내고 남은 끝물 고추가 있었다. 그것으로 장아찌를 담그면 일 년 내내 먹을 수 있다고 했다. 고춧대가 생각처럼 여리지 않고 굵고 단단해서 고춧대 뽑는 일이 만만치 않았다.

일을 끝내고 돌아와서 저녁밥을 먹는 중이었다. 뉴스 끝 지방방송 중에 '아프리카돼지열병 심각단계 격상. 전국 일시이동중지 명령 발동'이라고 쓴 붉은색 자막이 떴다.

—이런, 큰일났네. 위기경보 단계가 결국 최고 수준

으로 올라갔어.

숟가락을 든 아저씨가 심각한 표정을 지었다.

—어제 윗사람들이 현장을 다녀갔다더니…… 그게 김포 쪽에서 양성 나온 거 때문이죠?

물을 떠오던 아줌마가 물었지만 아저씨는 그저 고개만 끄덕였다.

밥을 먹는 둥 마는 둥 하고 아저씨가 김포에 있는 A 농장으로 전화를 걸었다. 그곳은 아저씨가 잘 아는 형님이 운영하는 농장이었다. A농장은 돼지열병 양성 판정을 받은 농장에서 3km 이내에 있다는 이유로 예비적 살처분 명령을 받았다. 그래서 일천 마리 돼지를 매몰하는 중이었다.

—세상에나, 그 형님이 올해 일흔이죠? 이 년 새에 두 번이나 큰일을 당했으니 어쩌면 좋아.

아줌마는 남의 일 같지 않다며 절레절레 고개를 흔들었다. 2018년 구제역 때 키우던 가축을 모두 살처분하였고 겨우겨우 다시 시작해서 막 첫 출하를 앞두고 있었던 것이다.

—거긴 내가 잘 알지. 아무리 싸다고 해도 식당에서 나오는 잔반 같은 거 먹이지 않고 사료급여만 해. 아주 깨끗하게 철저히 관리하는 농장이야. 그런데도……

아저씨가 쩝 하고 입맛을 다셨다.

아프리카돼지열병이니 구제역이니 하는 단어들을 한두 번 들어본 적은 있지만 이렇듯 현실적으로 걱정하고 있는 모습을 보니 내가 진짜 이방인인 것 같았다. 화장실 변기 뚜껑 위에 농림부 명의로 배포된 〈보도자료〉가 있었다.

시료 채취, 확진 판명, 살처분, 역학조사반, 잔반……

거기 적힌 단어들은 하나같이 낯설고 생소했다.

닷새쯤 지나니까 일찍 일어나는 일이 어느 정도 익숙해졌다. 연극 연습하며 합숙하는 동안 자주 술판을 벌인 탓인지 아침마다 속이 쓰렸는데 그런 증세도 줄어들었다. 공기 좋고 물 맑은 곳에서 땀을 흘리니 자

연치유력이 생긴 것 아닐까 하고 추측했다.

줄기를 걷어낸 밭에서 고구마 캐기를 하는 날이었다. 고구마 껍질에 상처가 생기면 쉽게 썩어서 보관이 힘들다고 했다. 그래서 면장갑을 끼고 호미로 조심스럽게 땅을 팠다. 고구마 캐는 일은 내내 쪼그리고 앉아서 작업을 하기 때문에 다리가 저렸다. 나는 일을 하다 말고 수시로 일어서서 허리를 폈다.

—시골 일이 쉬운 게 없지? 괜히 도와주러 와서 골병들라.

넓은 챙이 달린 모자를 쓴 아줌마가 나를 안쓰럽게 쳐다보았다. 아저씨는 허리에 복대를 찬 채 엉거주춤한 자세로 캐낸 고구마를 박스에 담았다.

밭일을 끝내자 아줌마가 저녁을 사 먹고 집에 들어가자고 했다. 우리는 대충 먼지를 털고 시청 근처 순대국집으로 갔다. 아직 식사시간이 아니라서 손님이 너덧 명 드문드문 앉아 있었다. 안쪽 외진 창가 테이블에서 혼자 밥을 먹고 있는 남자가 있었다. 오씨 아저씨가 그리로 다가갔다.

—주 선생님, 점심이…… 많이 늦으셨네요.

—아, 네네. 이장님.

사십대 중후반 나이의 그가 엉거주춤 일어나 인사를 받았다. 아줌마도 그를 잘 아는지 꾸벅 인사를 건넸다. 아저씨와 그자가 아프리카돼지열병 문제로 몇 마디 나누는 소리가 간간이 들렸다. 식사를 먼저 마친 그가 자리에서 일어서자 아저씨가 나를 얼렁뚱땅 소개했다.

—젊은 놈 시킬 일이 있으면 얠 부르십시오. 제 친구 아들로 조카나 다름없습니다. 아, 글쎄 내가 몸이 안 좋은 걸 알고 뭔가 도와주겠다고 왔네요.

그가 고개를 끄덕이며 나를 슬쩍 쳐다보았다. 눈은 퀭해 보였지만 눈빛이 예사롭지 않았다. 연극판에서 눈빛이나 표정으로 연기를 하는 게 무엇보다 중요하기 때문에 나는 사람들 얼굴에서 그런 걸 잘 읽어내는 편이었다.

—가축전염병이 생기면 뭐니뭐니 해도 주 선생이 젤 고생이 많지.

창문 너머로 멀어져 가는 그의 뒷모습을 바라보며 아줌마가 걱정스러워했다.

—근데 여보, 저 자리로 오려는 신청자가 아직도 없어요?

아줌마가 아저씨한테 묻는데 아저씨는 오히려 나를 쳐다보며 대답을 했다.

—저이는 수의사인데 공무원이야. 그런 사람을 가축방역관이라고 하지.

—아, 그래요?

공무원 중에 수의사가 있다는 걸 나는 그때 처음 알았다.

—근데…… 신청자가 없다는 게 무슨 말이에요?

공무원 자리는 '신이 내린 철밥통'이라는 말도 있는데 싶어 고개를 갸우뚱했다.

—산천에는 돼지뿐 아니라 소, 돼지, 말 같은 큰 동물이 많고 닭도 많이 키워. 그러니 아무래도 수의사가 할 일이 많지. 같은 봉급 받고 고생은 세 배, 네 배라면 누가 오려고 하겠니?

아줌마가 좀 더 자세히 설명을 해주었다.

—요즘은 반려동물이 많으니까 일반 시에서도 수의사를 많이 뽑는대. 그러면 인기가 많아서 두 명 모집에 열 명 이상 접수할 정도래. 개나 고양이 예방접종이나 간단한 치료만 하면 되니까. 그런데 여긴 일이 고달픈 걸 알아서 지난달에 수의사 공고를 냈는데 아직까지 신청자가 한 명도 없대.

그 말을 들으니 아까 그 선생 얼굴이 무척 피곤해 보였던 이유를 알 것 같았다.

—게다가 저 주승민 선생 바로 윗분이 조류독감 방역 중에 죽었어. 벌써 이삼 년 됐나 봐.

아줌마가 그 얘기를 꺼내자 아저씨가 얼굴을 찡그렸다.

—거참, 그 얘긴 왜 또……

그렇게 말을 하면서도 팔짱을 낀 아저씨는 그때 생각이 나는지 혼잣말처럼 웅얼거렸다.

—그 양반이 일을 시작하면 끝장을 보는 성격이었지. 며칠씩 잠을 안 자고 일을 하더니 결국 쓰러진 거

야. 아직 애들도 어린데……

언젠가 나도 그런 기사를 본 것 같아서 머리를 끄덕였다.

—죽은 방역관이 주 선생 대학 선배였어. 능력 있고 젊은 사람인데 참 아까워. 어쨌든 그런 일이 있었기 때문에 모두들 저이가 금방 여길 떠날 거라고 예상했지. 그런데 아직……

아저씨가 말꼬리를 길게 늘였다. 그가 여전히 제자리를 지키고 있는 것을 고마워하는 게 느껴졌다.

집으로 돌아와서 노트북 컴퓨터를 켜고 인터넷 검색어에 '산천 공무원 과로사'를 써넣었다.

산천시 축산 방역팀장 고**가 야근하고 귀가한 후 다음 날 새벽 가슴통증을 호소하면서 쓰러졌다. 그는 AI(조류독감) 사태 이후 영양제를 맞으며 업무에 매진했다. 평소 지병이 없고 건강했다. 병원으로 옮겼지만 끝내 숨졌고 급성심근경색이라는 사망진단을 받았다.

두 사람한테 들었던 내용 그대로였다. 내친김에 구제역과 AI에 대한 관련기사를 살펴보았다. 구제역으로 외부 출입이 안 되자 종자관리를 하는 숙소에서 생활하다가 화재로 목숨을 잃었다는 기사에서부터 고장 난 방역기를 고치다 손가락이 잘리는 사고도 있었다. 방역작업 중 쓰러져 현재까지 의식불명 상태이거나 과로로 사망한 공무원 수가 예상보다 많았다. 살처분 현장을 목격하고 트라우마에 걸려 고통받는 사람도 한둘이 아니었다.

'오마이갓! 바이러스 잡으려다 생사람 잡네.'

그동안 가축전염병은 먼 나라의 일이거나 가축 키우는 사람만 관심을 가지는 기삿거리라고 생각했다. 하루에 한 끼라도 고기를 안 먹으면 안 되고 일주일에 한두 번은 치킨에 맥주를 즐기면서도 그랬다. 그런데 그게 아니었다. 현재 우리나라에서 자주 발생되고 있는 무서운 전염병이었다.

아침저녁 기온차가 커졌다. 아저씨가 트럭을 운전해서 농협 농자재마트에 가서 쇠스랑과 퇴비, 검은 비닐 묶음 등을 샀다. 다른 길로 돌아오며 아저씨는 산천 시내 이곳저곳 이름을 가르쳐주었다. 시내를 조금 벗어나자 지나다니는 차가 거의 없었다. 어느 농가 한가운데 둥근 원통 모양의 높은 구조물이 불쑥 솟아 있었다. 건물 2, 3층 높이는 돼 보였다.

—아저씨, 저게 뭐예요? 저 노란 탑……

—아, 저거 싸일로? 돼지 먹일 사료를 담아두는 거지. 보통 일주일에 한두 번 사료 차가 들어온다.

—참, 여기 돼지농가가 많은데 아저씨는 돼지 안 키우세요?

사실 내가 여기 오기 전 막연히 소와 돼지 똥 치우는 일을 하는 거 아닌가 생각한 적이 있었다.

—아닌 게 아니라 처음엔…… 심심풀이로 해보겠다며 돼지를 이백 마리쯤 키웠어. 너도 구제역이라는 말 들어봤지? 발굽이 두 개 있는 동물이면 걸리는 급성전염병. 소나 돼지, 염소 같은 짐승이 걸리는 병……

아저씨는 갑자기 목이 마른지 한 손으로 운전석 옆 생수통을 꺼냈다.

—네, 대충은 알고 있어요.

—아, 말도 마라. 멀쩡하던 돼지가 거품 섞인 침을 질질 흘리고 고통스러워서 발버둥치는데 못 보겠더라. 헌데 살아 있는 놈들을 생매장하는 건 더 못 봐. 매일 밥 주고 물 주고 똥 치워준 놈인데 말이야. 내가 그 일 겪고 다시는 짐승 키우지 않겠다고 결심했다.

아저씨는 물을 입 안에 머금고 멍한 표정을 지었다. 마음고생이 심했다는 걸 짐작할 수 있었다. 흐릿흐릿 화면처리 되긴 했지만 나도 텔레비전에서 덩치 큰 짐승들을 생매장하는 장면을 본 적이 있다.

—그나마 요즘은 생매장 안 하고 다른 방식으로 처리해서 다행이지.

2016년부터는 살처분할 때 생매장하지 않고 CO^2 가스 주입으로 바꾸었다며 그것은 환경단체가 노력한 덕분이라고 말했다.

다음 날 새벽녘에 허리가 아파서 쩔쩔매는 아저씨

한테 진통제 먹이고 파스 붙여 주었다면서 아줌마가 구시렁댔다. 아저씨는 허리 통증이 심해져서 당분간 침을 맞고 물리치료를 받으며 쉬어야 했다. 그러자 아저씨가 나한테 차 열쇠를 맡겼다. 나는 오래간만에 바깥바람을 쐴 겸 트럭을 몰고 시내에 나갔다. 지난번 눈여겨 봐둔 당구장에 들러 한 게임 하고 짜장면을 사 먹은 후 편의점에서 캔 맥주와 컵라면을 몇 개 샀다.

집으로 돌아오는 길이었다. 어둑한 마을 어귀에 자동차가 한 대 서 있었다. 차 밖에 있던 운전자가 마구 손을 흔들었다.

—어, 이장님 차 같은데……

차 옆으로 오면서 머뭇거리는 그는 주승민 수의사였다.

—선생님, 무슨 일이세요?

차창을 열고 인사를 건네는 나를 그는 처음에는 알아보지 못했다.

—저번에 순대국집에서 뵈었죠?

내가 먼저 아는 체를 했더니 그제야 생각난다는 시

늉을 했다.

—초소로 방역점검 다니는 중인데 갑자기 차가 서버려서요. 몇 군데 더 가봐야 하는데……

그가 매우 난감한 표정을 지었다.

—그럼, 제가 이 차로 모셔다 드릴까요?

얼떨결에 도와주겠다는 말이 입 밖으로 불쑥 튀어나왔다. 선배의 과로사를 겪었으면서도 떠나지 않고 제자리를 지키고 있는 주 선생이 어떤 사람인지 궁금했는데 도와줄 수 있는 기회가 생겨서 내심 기뻤다. 나는 주 선생을 태우고 그가 가리키는 대로 차를 몰았다. 그는 통제소 및 농가초소들을 점검하고 소독시설과 간식 등 필요한 물품을 전달해주는 일을 했다.

밤이 깊어갈수록 기온이 뚝 떨어졌다. 거점소독초소와 농가초소 모두 2인 1조로 24시간 교대근무 중이었다. 밤근무를 서는 이들은 뜨거운 차를 수시로 끓여 마시며 졸음과 싸우고 있었다. 천막 틈새로 바람이 숭숭 들어왔다.

—천막 안이 너무 추워요. 완전 한데라구요.

—화장실이 멀리 있어서 불편해요.

—밤에 여자 둘이 있는 게 무서워요. 남자를 한 분 추가해주시든지……

온갖 불만투성이들이었다. 야간근무를 줄여달라는 것도 주요 건의사항 중 하나였다. 점검을 모두 끝내고 나니 새벽 한 시가 넘었다.

—모두들 불편하고 힘드신 건 알겠는데 왜 짜증을 수의사 선생님께 내는 거죠?

축산과 사무실로 가는 길에 내가 괜히 투덜거렸다.

—일반 행정직 공무원들이 초소근무를 많이 힘들어해요. 늘 하던 일이 아니고 약품을 만지는 게 손에 익지 않아서 안전사고가 자주 일어나요.

주 선생은 무표정한 얼굴로 대답했다.

어느새 축산과 건물 앞에 도착했다.

—김철희 씨, 오늘 고마웠어요. 나 때문에 늦게까지……

주 선생이 차에서 내리며 인사를 건넸다.

—저는 원래 올빼미형이라서 밤이 돼야 기운이 납

니다.

그렇게 말했더니 주 선생이 처음으로 큭큭큭, 웃었다.

—혹시 컵라면에 맥주 한 잔 안 하실래요? 트렁크에 몇 개 사 둔 게 있는데……

내가 불쑥 말을 꺼냈다. 어쩌면 주 선생이 지금까지 저녁을 안 먹었을지 모르겠다는 생각이 들었다.

—그럴까? 피곤하긴 한데 쉽게 잠이 안 올 거 같네.

그가 반색을 하며 슬며시 반말을 했다. 우리 사이가 조금 가까워진 느낌이었다.

축산과 사무실 벽에는 산천시의 양돈농가 현황도가 크게 그려져 있었다. 아프리카돼지열병 추진상황과 방역 근무조 편성표도 여기저기 붙어 있었다. 주 선생의 책상 옆 바닥에는 라꾸라꾸 간이침대가 펼쳐져 있었다. 등산용 그릇과 몇 개 양념통도 보였다. 공무원이 일하는 사무실이 아니라 마치 캠핑장에 온 것 같았다.

—여기서 숙식을 하시는 거예요?

—글쎄, 한 보름 됐나?

—네? 보름 이상 집에 못 들어갔다구요?

나는 깜짝 놀랐다.

—우리 시가 아니라 가까운 데서 돼지열병이 발생되어도 비상체제에 돌입하면 어쩔 수 없이 이렇게 생활해야 해.

—하루 이틀도 아니고…… 이렇게 지내시면……

—이런 일로 몇 달씩 쪽잠 자는 건 견딜 수 있어. 언제 끝날지 알 수 없는 불확실성과 싸우는 게 사람을 지치게 만들지.

반쯤 눈을 감고 있는 그의 얼굴은 수척하고 머리는 덥수룩했다.

—자동차를 수리 맡기면 며칠간 차도 못 쓰고 불편하실 텐데…… 별일 없으면 제가 선생님 기사 노릇 해드릴게요.

나는 예정에도 없는 말을 또 한 번 툭 내뱉고 말았다. 컵라면을 안주 삼아 맥주를 마시는 동안 풀벌레가 스스스스, 울었다.

오씨 아저씨의 승낙을 받고 며칠 동안 축산과로 출퇴근하다시피 했다. 그 덕분에 주승민 선생이 하는 일을 가까이서 지켜볼 수 있었다. 커피가 곁들여진 샌드위치 세트를 사서 사무실에 간 날이었다.

—카톡, 카톡, 카톡!

이른 아침인데 계속 카카오톡으로 문자 들어오는 소리가 났다. 주 선생은 백 명이 넘는 한돈협회 회원의 단체 카톡이라서 밤이고 낮이고 좀 시끄럽다고 말했다.

—그런 단톡방이 있어요?

—원래는 농장주끼리 카톡방을 운영했어. 다른 농가 소식을 공유하고 문제가 생기면 미리 대처방법을 알려주곤 하면서…… 그랬는데 이번 돼지열병 생기고 나서 사료 회사랑 동물약국 그리고 관계 공무원들도 함께 공유하고 있어.

—그걸 모두 좋아하셔요? 안 좋아하는 분도 계실 것 같은데……

나는 무심코 말했다.

—맞아, 처음엔 단톡방에 공무원이 들어오는 걸 모두 꺼려했어. 우리들끼리 이용하는 방에 공무원이 들어오면 불평불만도 맘 놓고 얘기할 수 없을 거라고 말했지.

담당 공무원이 낀다면 아무래도 조심스러운 게 당연할 것 같았다.

—일단 시작해보자고 했는데 지금은 시에서 진행하려는 걸 곧바로 알 수 있고 또 요구사항을 바로 올릴 수 있어서 다들 좋아해.

—진짜요?

—응, 시청에서 회의 끝나고 나면 핵심내용을 곧바로 단톡방에 올려. 정부에서 이런 지원사업 있을 것이다, 또 이런 점은 주의해라 등. 그러면 농가에서는 이건 왜 이렇게 불편하냐, 이런 점을 시정해 달라고 올리고.

확실히 좋은 방법인 것 같았다. 어떤 일이든지 투명하게 공개하고 신속하게 처리하는 것만큼 좋은 게 어디 있을까. 우리 극단의 이 대표는 미투 사건에 대해 투명하지도, 뒤처리가 깨끗하지도 못했다. 그저 자기 치부를 감추고 회피하려고만 했다. 그러다가 더 큰 철퇴를 맞게 되었고 그 피해를 고스란히 우리 단원들이 안게 된 것 아닌가.

농촌에서 시월은 가을걷이를 해야 하기 때문에 무척 바쁠 때란다. 아줌마는 지나가는 거지 손도 빌린다는 말이 있을 정도라고 표현했다.

—철희야, 오늘은 부녀회에 와서 일 좀 도와줄래? 운전해서 날라야 할 것이 많은데 손이 딸려.

주민들이 교대로 새마을부녀회에 나와서 방역초소 근무자들을 위해 음식을 만들고 있다고 했다. 아저씨는 아저씨대로 이장 협의회 일로 바빴다. 나는 아줌마를 따라서 새마을부녀회 사무실이 있는 건물의 식당으로 들어갔다.

—내 조카 김철희야. 오늘 우리 일 도우려고 일일봉사 왔어.

아줌마가 내 소개를 하자 머리에 두건을 쓰고 일하

던 여자들이 박수를 치며 환호했다. 나는 쑥스러워서 얼굴을 붉혔다. 내가 할 일은 만들어놓은 햄버거와 음료수 박스를 차에 싣고 방역초소와 통제초소로 운반하는 거였다. 초소 지리를 잘 아는 분이 옆자리에 타서 나를 안내했다. 초소에는 군인이나 경찰, 공무원 혹은 외국인노동자와 일반인이 두 명씩 있었다. 그들은 우리가 음식을 들고 가면 무척 고마워했다. 나는 가끔 음식 만드는 일을 돕기도 했다. 남을 기쁘고 즐겁게 하는 일은 예술 분야가 아니라도 얼마든지 많았다. 그동안 연극을 한답시고 여기저기 설치고 다니면서 내가 대단한 일을 하는 양 으스대었던 것이 부끄러웠다.

결국 산천에서도 야생멧돼지 의심신고가 접수되었다. 부쩍 늘어난 신고 때문에 주승민 선생은 더욱 신경을 곤두세웠다. 만약 결과가 양성으로 나오면 그동안의 방역이 허사가 되는 거였다. 어쩌면 지역 내 모든 가축을 살처분해야 하는 최악의 상황이 올 수도 있었다. 농장주와 농민 모두 초긴장상태였다.

부녀회에서 싸준 따뜻한 국물과 불고기김밥 도시락을 챙겨서 축산과로 갔다. 주 선생은 늦은 시간인데도 전화통과 씨름하고 있었다. 생축 일시이동중지가 풀렸다 이어졌다 하더니 돼지와 가축 분뇨에 이어서 사료나 가축 운반 등 일체의 축산 관계 차량의 출입이 통제되고 있었기 때문이었다.

—48시간 꼼짝도 못하게 하면 돼지들을 이틀 동안 굶겨야 하는겨?

—내가 왜 못 가? 왜 못 풀어줘? 누가 시켰어, 엉?

—나 망하면 너희들이 책임질 거야?

전화를 건 사람들이 밑도 끝도 없이 불만을 터뜨리고 있었다. 하나같이 빨리 합당한 기준을 마련해달라고 고함을 질러댔다.

—죄송합니다만 치사율이 100%인데 어쩝니까? 발생되면 우리 시 양돈 산업도 끝장 아닙니까? 그러니까 진정하시고 며칠만 기다려주세요.

나는 주 선생이 왜 미안해하는 건지, 저들은 왜 일개 공무원한테 화를 내는지 이해가 안 갔다. 전화를 끊고 한숨을 내쉬는 주 선생 얼굴빛이 허옇게 떠 보였다. 윗입술은 터져서 피가 굳어 일부가 까맸다.

—선생님, 얼굴색이 안 좋아요.

—괜찮아. 잠이 부족해서 그럴 거야. 세 시간밖에 못 자서……

그는 뚜껑을 열어놓은 불고기김밥을 보더니 자기가 좋아하는 음식이라며 기뻐했다. 그런데 나무젓가락을 들고 김밥을 몇 개 집어 먹던 그가 갑자기 배를 움켜잡았다. 급기야 구역질을 하면서 화장실로 뛰어갔다.

—왜 그러세요, 선생님? 괜찮으세요?

변기통을 붙잡고 힘겹게 토하던 그가 나에게 밖으로 나가라고 손짓을 했다. 나는 사무실로 돌아와서 옥수수차 티백을 뜨거운 물로 우려 놓았다. 세수를 해서 물이 뚝뚝 흐른 채 돌아온 주 선생이 간이침대에 쓰러지듯 누웠다.

—병원에…… 가셔야 하는 거 아니에요?

—낮에 찬 음식을 먹은 게 체했나 봐. 어쩐지 계속 속이 울렁거렸어. 좀 쉬면 괜찮아질 거야.

나는 따뜻한 차를 갖다주었다. 차를 몇 모금 마신 후 찻잔을 가슴께에 갖다 대며 그가 중얼거렸다.

—아, 불고기김밥이랑 참치김밥 진짜 좋아하는데……

눈을 감은 표정이 안정을 찾은 듯해서 조금 안심이 되었다.

그때 주 선생 휴대폰이 울렸다. 전화 건 사람을 확인하더니 그가 몸을 바로 세우고 앉았다.

—집엔 별일 없지? 애들은 자? 회사 나가기도 바쁠 텐데 당신이 고생하네. 그럼, 난 괜찮아.

그의 아내였다.

—물론 삼시세끼 아주 잘 챙겨 먹고 있지. 오늘은 불고기김밥도 먹었는걸. 내가 좋아하는 걸 알고 미리 챙겨주는 수호천사가 있다니까.

그 말을 하며 주 선생이 나에게 눈을 찡긋했다. 나는 무안해서 주변을 왔다 갔다 했다.

—다음 주엔 집에 갈 수 있을 거야. 진짜야, 약속할게. 약속!

그가 통화를 끝내고 크게 한숨을 내쉬었다.

—집에서는 나보고 당장 그만두라고 해. 특히 선배 일이 있고 난 후로는 더…… 동물병원 열어서 애완견이나 돌보면서 살자는 거야. 그렇지만 아직은 내가 여기서 해야 할 일이 있잖아. 퇴직할 때까지는 나에게 책임이 있잖아. 그러니까 그만둘 수가 없어.

그는 확고했다.

—어휴, 그러다 쓰러지면 어쩌려고요. 정말 큰일 나겠어요.

내가 버럭 화를 냈다.

—우리 집사람이 날 보고 뭐라는 줄 알아? 수의사가 아니라 장의사라고 농담을 해. 나도 부득이 가축을 살처분해야 할 때가 많이 있거든. 내가 가축을 죽인다고 생각하면 그 일을 절대로 못 해. 그래서 그때마다 나 자신에게 주문을 걸곤 해. 이건 죽이는 일이 아니다, 사람을 살리고 더 많은 가축을 살리는 길이다, 전염병으로 씨가 마를 수 있는데 이건 불씨를 보존하고 보관하는 유일한 길이다, 하고.

핏발이 선 주 선생의 눈이 무서웠다.

나는 그동안 공무원들은 모두 편하게 앉아서 대충 일하고도 꼬박꼬박 월급 받는 철밥통인 줄 알았다. 그런데 산천에 와서 주 선생뿐 아니라 자기 분야에서 최선을 다해 일하는 사람들이 많다는 걸 알게 되었다. 그렇다면 나는 어땠는가. 나의 일에 진실로 혼신을 바쳤던가. 무대에서든 무대 밖에서든 정말 최선을 다했다고 할 수 있는가. 내 문제를 무조건 남 탓만 하고 요리조리 핑계 대지는 않았는가. 미투 문제를 보면서도 남의 일이라고 방관하고 있지는 않았는가. 나 스스로를 반성해보지 않을 수 없었다.

사무실을 나오려던 순간이었다.

산천 멧돼지 폐사체 전체 음성 판정!

다행스럽게 음성판정을 받았다는 알림 메시지가 휴대폰에 떴다. 그제야 주 선생이 참았던 숨을 몰아쉬었다. 나도 가슴을 쓸어내렸다. 산천시가 적극적으로 단톡방을 활용해서 우수사례로 뽑혔다는 지역 신문 보도내용도 있었다. 농림부장관이 다른 지역에서도 당장 벤치마킹하라고 지시했다는 후문도 곁들여졌다.

카톡, 카톡, 카톡……

—철희 씨, 이것 좀 봐요!

주 선생이 소리가 나는 단체카톡방을 열어서 내용을 보여주었다. 시커멓게 그을고 주름진 얼굴의 농장주들이 인증샷을 올리는 중이었다.

밥상 위의 국가대표 우리 한돈! 꼭 지키겠습니다. #북부는 전쟁중 #내 농장은 내가 지킨다 #ASF 꼭 이겨 냅시다!

맨 아래에는 농장명과 본인 이름이 적혀 있었다. 이마가 훤히 벗겨진 아저씨도, 머리가 반백인 할아버지도 있었다. 삐뚤빼뚤 글씨를 쓴 종이를 들고 부부가 함께 찍은 사진도 올라왔다. 인증샷과 함께 문자들이 뒤섞여서 떴다.

—수의사 선생님, 힘내세요!

—주 선생님 사랑합니다. 파이팅!

—우리는 모두 자랑스러운 산천 시민입니다.

주승민 선생의 눈시울이 붉어졌다. 나도 울컥했다.

—이분들 때문에…… 내가 이렇게 버틸 수 있는 거야.

주 선생이 활짝 웃었다. 내가 사무실을 나올 때도 인증샷이 계속 올라오고 있었다.

한 달 만에 집에 돌아왔다. 나는 곧바로 연극부 조인성 선배에게 전화를 걸었다. 연습이 빡세서 스파르타라는 별명을 가진 선배였다.

—형! 우리 다시 연습 시작해요. 이대로 주저앉을 수는 없잖아요. 무슨 역할이든 맡겨주시면 열심히 할게요.

내가 말하자 꽤 놀라는 눈치였다. 나하고 그 형은

사사건건 부딪쳐서 한동안 감정이 좋지 않았다.

—김철희! 임마, 내일은 해가 서쪽에서 뜨겠다. 웬일이냐?

—나, 앞으로 진짜 잘할 자신 있어요.

—그래? 너 스쾃 서른 번씩 다섯 세트랑 운동장 열 바퀴 뛰기로 몸풀기 시작할 건데, 어때? 앓는 소리 없기다.

—예얍!

나는 막 입대한 이병처럼 군기 든 목소리로 우렁차게 대답했다.

뿔뿔이 흩어졌던 연극 단원들이 다시 뭉쳤다. 그동안 저마다 어려운 시간을 보냈기에 남다른 각오로 무장된 얼굴은 살기가 등등했다. 그새 한 뼘씩 키가 큰 것처럼 보였다. 무대와 조명, 의상 등 누구 하나 연습 시간에 빠지지 않았고 스태프며 캐스트며 가리지 않고 서로 도와주었다. 단원들 모두 이번이 마지막이라는 자세로 땀을 흘렸다.

지난번 올리려다 주저앉은 창극 〈해 뜰 날〉을 대대

적으로 재정비했다. 임시고용직의 고단한 일상에 대한 내용은 그대로 두되 분위기를 바꿨다.

짱하고 해 뜰 날 돌아온단다~~

사물놀이와 국악의 빠른 비트를 뮤지컬 사운드에 입혀서 크로스오버했다. 나는 탁발하는 스님의 등장을 제안하였다. 그가 은근히 유머러스한 말과 행동을 하면 어떻겠느냐고 했다. 그 스님이 어두운 분위기를 유쾌하게 바꾸게 되는데 그의 튀는 역할에 주승민 선생의 됨됨이를 염두에 두었던 것 같다. 어쨌든 어떤 점이 관객의 마음을 사로잡았는지 모르지만 〈해 뜰 날〉이 넉 달째 롱런 중이다. 게다가 다음 달 시작되는 이인극 〈레드〉에서 내가 주연에 가까운 조연 역할을 맡게 되었다.

나는 산천 소식을 간헐적으로 매스컴을 통해서 전해 듣고 있었다. 가축전염병은 주불이 진정되고 난 후에도 잠복되어 있다가 다시 발생되는 산불 같았다. 언제 불씨가 호르륵 타올라 확산될지 알 수 없어서 전전긍긍하는 싸움이었다.

야생멧돼지 출현을 막기 위해서 산천 일대에 울타리를 치겠다고 발표하는 것을 뉴스에서 본 날이었다.

'예술가도 아니고 행정가들 사고가 너무 낭만적인 것 아니야? 그 어마어마한 땅에 어떻게 펜스를 치겠다고?'

나는 머리를 흔들었다. 나는 그게 도저히 현실적이지 않다고 생각했다. 그러나 몇 달 후 산과 들을 가로지르는 도로를 따라 울타리를 친 결과 야생멧돼지가 남쪽으로 넘어오는 것을 지연시키는 효과를 거두었다고 했다. 수백 킬로미터에 달하는 광역 울타리, 책임을 다하여 자신의 역할을 해내는 수의사, 밤낮으로 투입되어 돼지우리를 지키는 공무원과 주민들……. 모두 이해가 안 되는 상황이었다.

이러한 노력 때문인지 산천시 30만 마리 돼지 중 한 마리도 전염되지 않았다고 했다. 북한 접경지역에서 시작되어 4개 시군의 돼지를 전멸시킨 전염병을 막아냈다는 것이다. 산천에서는 이것이 곧 나라를 지키는 일이라며 작전명을 '안시성 프로젝트'라고 불렀다. 주 선생은 이 이야기를 들려주며 고생은 피할 수 없었지만 성과가 좋아서 기쁘다고 말했다. 그 후에도 주 선생과 몇 번 통화를 했지만 서로 각자의 생활이 바쁘다 보니 그것도 차츰 뜸해졌다. 지난달까지만 해도 주 선생의 후임 자리가 여전히 비어 있다고 들었다.

*

마침 오래 지나지 않아서 주 선생한테서 전화가 걸려 왔다.

—선생님, 괜찮으세요? 뉴스 보고…… 사고당하신 줄 알고 놀랐잖아요.

너무 반가워서 나도 모르게 소리를 질렀다.

—집안에 상이 있어서 며칠 지방에 다녀왔더니…… 신임이 무리를 해서 결국 사고가 났네.

얼마 전 일을 배우겠다며 들어온 신참이라고 했다. 주 선생은 오래간만에 둘이서 일하니까 서로 의지가 되고 집에서 출퇴근하는 여유도 가질 수 있었다는 말을 남의 말 하듯이 했다.

—쓰러지신 분 상태는 어떠세요?

내가 물었다.

—지금 막 병원에서 오는 길이야. 넘어지면서 머리를 바닥에 부딪히긴 했는데 다행히 큰 문제는 없대. 병원에서 잘 치료하고 있는 중이니까 괜찮을 거야. 이참에 푹 쉬라고 했어.

—에이, 선생님 조금 좋다가 마셨네. 일복 많은 분은 어쩔 수 없다니까요.

내가 어설픈 농담을 했다. 주 선생이 호호호, 작은 소리로 웃었다.

—철희 씨 소식은 늘 기쁘게 접하고 있어.

주 선생은 나의 근황을 잘 알고 있었다. 뉴스에서 예술 분야를 꼼꼼히 살펴보면서 조용히 응원을 보내고 있다고 말했다.

—하루 시간 내서 꼭 찾아뵐게요.

이번에는 열일을 제치고 산천에 다녀와야겠다고, 아무리 바빠도 하루 스케줄을 비워놓겠다고 다짐하고 한 말이었다.

—괜찮아. 그 마음만으로 충분해. 돌아다닐 시간 있으면 연습하는 데 더 많이 써.

주 선생이 매섭게 잘라 말했다.

나는 전화를 끊자마자 산천에서 주민들이 보내주던 사랑의 메시지를 흉내내서 카카오톡 메시지를 보냈다.

주 선생님, 당신이 그곳에 계셔서 두 발 쭉 뻗고 편히 잡니다. 알라뷰!

밖은 초겨울인데 지하 연습실 작은 창문으로 깊숙이 들어온 아침 햇살이 유난히 따뜻했다.

연緣

누런 뱀과 매우 단단한 똥

늦잠을 잤는지 안방 창호지 문이 희뿌옇게 밝아 있었다. 오순자 여사는 찌뿌둥한 몸을 일으키며 입맛을 다셨다. 몸이 천근만근 무거웠다.

'에고, 무신 꿈자리가 그리 사나울꼬.'

작년에 암으로 세상 떠난 애들 아버지 행색이 너무나 초라했다. 봉두난발에 후줄근한 와이셔츠 차림을 한 게 꼭 몇 끼 굶은 사람 같았다. 뭐라고 고래고래 고함을 지른 건 분명한데 아무리 애를 써도 무슨 말이었는지 생각이 안 났다. 꿈에서 깨기 직전, 사십구재 날 대문 문고리에 친친 감겨 있던 그 뱀을 본 것 같기도 했다. 저 건너 대숲으로 슬그머니 사라지던 그놈이 저승에서 애들 아버지한테 해코지라도 하는 건가.

'뱀이 원한을 사면 요물이 된다는데 철딱서니 없는 양반, 왜 그놈을 건드려 갖고……. 쯧쯧쯔.'

꿈속에서 본 남편의 누리끼리한 얼굴과 뱀의 형상이 뒤섞여 머릿속이 어수선했다.

그때였다. 개들이 한꺼번에 짖어대기 시작했다. 컹컹, 깽깽. 왕왕, 깨갱깽깽…… 짖어대기만 하는 게 아니라 이쪽에서 저쪽으로 후다다닥 뛰어다니는 소리도 났다. 또 도둑괭이가 개집 앞으로 지나갔나 보다.

—쉿, 얘들아, 조용히 해. 조용! 할머니 깨신다.

막내며느리가 개 열 마리를 달래느라 쩔쩔매는 소리가 들렸다.

오 여사는 안방 문을 거칠게 열어젖혔다. 그러자 조금씩 잦아들던 개소리가 되살린 불씨처럼 다시 커졌다. 울타리를 벅벅 긁어대는 놈도 있었다.

—꼭두새벽부터 와 이리 시끄럽노, 잉? 참말로 동네 부끄럽구로.

꽥 소리를 질렀다.

—어머니, 죄송해요. 얘네들 때문에……. 일찍 깨셨

지요? 장군아, 너부터 조용히 해야지. 연두야, 넌 거기 있지 말고 이리 와.

개집 울타리 안에 서 있는 막내며느리는 꼭 떼쓰고 투정부리는 열 명의 어린애들을 달래는 엄마 꼴이었다.

—끙, 장군인지 멍군인지…….

오 여사는 이래저래 마뜩하지 않았다. 막내아들 부부는 애를 못 낳는 건지 안 낳는 건지 모르겠지만 제 새끼는 안 낳고 개한테 쏟는 정성이 이만저만이 아니었다.

—그래, 막내는 이번 주도 못 내려온다냐?

오 여사는 개 열 마리와 마누라만 맡겨놓고 서울로 내뺀 아들이 내심 야속했다. 막내는 뻣뻣한 오 여사 심기를 인절미처럼 말랑말랑 주물러 놓곤 하는데 두 주째 코빼기도 안 보였다.

—이번 주엔 꼭 내려오겠다고 했는데……. 제가 다시 전화해볼까요?

—됐다, 냅둬라!

오 여사 스스로 생각해도 제 목소리에 칼이 들어 있는 것 같았다. 다른 사람한테는 친절하고 사람 좋다는 말을 듣는 편인데 막내며느리한테는 그렇게 되질 않았다. 자기도 모르게 말투가 사나워졌다. 사실 막내가 며느릿감이라며 처음 집에 데려왔을 때부터 맘에 안 들었다. 키는 똥자루만 하지, 죽 한 사발도 못 얻어먹은 사람처럼 비리비리 말랐지, 게다가 부모님마저 일찍 돌아가셨다고 했다. 아무리 뜯어봐도 복스러운 데가 눈곱만큼도 없었다. 산책길에 서로 같은 종류의 시츄를 키우고 있어서 반갑게 인사를 나눈 게 만남의 시작이었다고 막내가 말했다.

—에레기 썩을 놈, 개 인연이 무슨 인연이라고!

—엄마, 겪어보면 알겠지만 재 맘씨가 되게 착해요.

못마땅해하는 오 여사를 보고 막내아들은 그렇게 둘러댔다.

—이놈아, 오죽 둘러댈 게 없어서 착한 거냐? 칭찬할 걸 찾다 찾다 없으면 결국 하는 말이 착하다는 거라더라.

오 여사가 등짝을 후려치며 그리 말했지만 막내는 바보처럼 히죽히죽 웃기만 했다.

그나저나 막내 얼굴이 요즘 부쩍 상해 있었다. 마음 다잡고 새로 벌인 일이 잘 안되는 것 같았다. 지난번 내려왔을 때 마당가를 서성이며 받는 전화 내용이 심상치 않아 보였다. 게다가 개 문제만 해도 그랬다. 갑자기 불어난 개 열 마리를 서울에서는 도저히 키울 수 없어서 잠시 시골집으로 데려가는 거라고 했지만 그건 핑계 같았다. 무슨 일이 생겼는지 알 수는 없지만 집도 절도 없는 신세가 된 게 틀림없었다. 오 여사는 모든 게 저 지지리 복 없는 며느리 탓으로 여겨졌다.

개들을 어찌 달래놓았는지 갑자기 조용해졌다. 개 짖는 소리만 아니면 공기 맑고 햇살 따뜻해서 천국이 따로 없다. 오 여사는 열린 방 안에서 마당 한가운데 서 있는 단풍나무를 내다보았다. 부끄럼 타는 아이 볼처럼 발그레해진 단풍잎이 지나가는 바람에 파르르 떨렸다.

―어머니, 아직 바람이 많이 차요.

그 말에 오 여사도 감기 떨어진 지 얼마 안 된 걸 기억해내곤 방문을 조금 닫았다.

—지금 몇 시 됐냐?

방 안에도 시계가 있건만 무심히 물었다.

—여덟 시 조금 넘었어요. 지금 아침상 차릴까요?

며느리가 개집 울타리 문을 닫고 나오며 물었다. 그런데 저건 말이 개집이지 웬만한 집 원룸 크기다. 개가 한두 마리가 아니고 자그마치 열 마리나 되니 어느 정도 커야 하겠지만 어처구니가 없다. 한여름에 저놈의 개집을 짓느라고 막내가 사나흘 동안 내리 읍내 장에 가서 나무랑 벽돌, 온갖 연장을 사다 날랐다. 톱질과 못질을 하면서 팥죽 같은 땀을 삘삘 흘렸다. 그게 엊그제 일 같은데 어느새 뜨끈한 아랫목이 생각나는 때가 되었다.

—아직 생각 없다. 그나저나 집구석에서 이렇게 똥냄새, 오줌 냄새가 진동하는데 어디 밥맛이 있겠냐?

오 여사가 기어코 한마디 하고 말았다. 얘들이 부지런히 쓸고 닦긴 하지만 역한 냄새까지 없앨 수는 없었다. 그 말이 떨어지자마자 몸이 잰 며느리는 얼른 수돗물을 뿌리며 싸리 빗자루로 마루청 아래쪽부터 쓸기 시작했다.

—아따, 물 좀 아껴라. 시골 물이라고 어데 공짠 줄 아나.

굳이 시어미 노릇을 하려는 건 아닌데 입에서 나오는 말마다 잔소리가 되었다.

—어머나! 어머니, 여기 물 지하수 아니에요? 전 시골 물은 다 지하수인 줄 알았어요.

오 여사가 아무리 화를 내도 며느리는 노여움을 별로 안 타고 꼬박꼬박 제 생각을 말했다. 끙, 그게 더 부아를 돋운다는 걸 아는지 모르는지…….

시골 생활은 몇 달 살아서 알 수 있는 게 아니지만 얘네들은 몰라도 너무 몰랐다. 열 마리 개 옷이며 깔개를 빨아대느라 물을 펑펑 써대는 건 예사고, 밤이면 늦도록 뭘 하는지 전깃불을 훤하게 켜놓곤 했다. 지난번에는 막내가 잡초를 뽑아 주겠다더니 머위랑 씀바귀, 민들레, 고들빼기 등 오 여사가 아끼는 나물까지

몽땅 뽑아버렸다.

때마침 전화벨이 울렸다.

—동숭, 일났나? 뭐 하고 있드노? 읍에서 내캉 팥죽 한 통시 안 할라나?

읍에 사는 외사촌 언니였다. 언니하고는 어릴 때 아래윗집에서 자라서 옛정이 남아 있었다.

—맹순 언니! 그럴까? 요즘 입맛도 없고 속도 영 안 좋은데…….

오 여사는 묵직한 아랫배를 누르며 말했다. 그러고 보니 똥을 못 눈 지 사흘째 되었다. 변비는 오 여사의 오랜 고질병이었다. 서울에서도 변비를 없애려고 안 해 본 게 없었다. 일어나자마자 참기름 한 숟갈 먹기, 차가운 우유 마시기, 유산균과 요구르트 그리고 섬유질 많은 야채 먹기……. 심하면 가끔 변비약을 먹고 관장약을 넣기도 했다. 그래도 시골 내려와서 얼마 동안은 생야채를 많이 먹어서 그런지 그럭저럭 견딜 만했다. 헌데 이제는 내성이 생겼는지 변비에 특효라는 약도 잘 안 들었다.

얼른 벽시계를 올려다보았다. 하루에 다섯 번 운행하는 군내버스가 올라올 시간이었다. 눈에 보이는 족족 참견하며 잔소리하는 것도 피곤하고 집 안에서 딱히 할 일도 없었다. 또 많이 움직이는 게 변비에 도움이 될 것이다. 마당에서 뭘 하려고 움직이면 개들이 짖어대니 그것도 신경이 쓰였다.

오 여사는 나간 김에 목욕이나 해야겠다 싶어 목욕용품을 몇 개 챙겼다. 주섬주섬 옷을 입고 마당으로 내려서며 아랫방을 향해 말했다.

—나, 읍에 간다.

그러자 잠자던 아기가 큰 소리에 놀라 울음을 터뜨리듯 개들이 다시 이리저리 뛰며 사납게 짖어댔다.

—어머나! 어머니, 상 차리던 중이었는데요.

앞치마를 두른 며느리가 부엌에서 뛰어나왔다.

—야야. 넌 나오지 말고 재네들이나 조용히 시켜라.

—네네, 그럼 조심해서 다녀오세요.

장군이, 멍군이, 연두, 자두, 딸기……. 며느리가 개 이름을 하나씩 부르며 개집 쪽으로 헐레벌떡 달려갔다.

마을 앞 버스정류장에 도착했다. 막 고갯길을 힘겹게 올라가고 있는 군내버스의 뒤꽁무니가 보였다. 윗동네를 한 바퀴 돌고 내려오려면 오 분은 족히 걸릴 것이다. 오 여사는 들고 있던 가방을 플라스틱 의자 위에 내려놓고 앉았다. 그때 저만치서 신 이장이 헐레벌떡 뛰어오고 있었다.

—서울아지매, 나오셨는교? 버스 막 올라갔지예?

큰아들 또래의 신 이장이 꾸벅 인사를 했다. 오 여사는 마을사람들이 서울아지매, 서울할매라고 부르는데 그 표현이 싫지 않았다.

—응, 금방 올라가대.

옆으로 비껴 앉으며 신 이장한테 자리를 내주었다.

—이른 참에 어데 가십니꺼?

—읍에 좀 다녀올까 하고. 사촌언니가 팥죽 먹자 하네.

오 여사가 새색시 적일 때 신 이장은 젖먹이였다. 이

년 전 오 여사가 말기암 선고를 받은 남편과 함께 시골집으로 내려왔을 때 그의 부모는 이미 돌아가시고 없었다.

—저, 그러잖아도……. 찾아뵈러 가려던 참이라예.

거무튀튀하고 건장한 체격에 선한 인상의 신 이장이 버스가 올라간 쪽을 흘깃 살펴보며 머뭇머뭇했다. 오 여사는 그가 무슨 말을 하려는지 짐작할 수 있었다.

—그놈의 개소리 때문에 그러지요?

30년 서울 생활을 해도 고칠 수 없던 경상도 사투리인데 곤란한 상황에서는 저도 모르게 서울말이 툭 튀어나왔다.

—야, 마을 어르신덜이 하도 뭐라 캐서……

—이장님, 죄송해요. 우리도 꽤 주의를 하고 있는데……. 막내가 몇 달만 봐달라는데 어쩌겠습니까? 자식 이기는 부모 없다고…… 근데 아시다시피 개들이 사납지 않고 착하네요. 뭣에 놀라면 우르르 한 번씩 짖지만 큰소리 한 번 치면 금방 꼬리를 내려요. 아직

은 여기가 낯설어서 그렇지 곧 적응하겠지요.

두서없이 변명하는 말이 튀어나왔다.

—지도 똥개 한 마리 기르는 입장으로서……. 이렇다 저렇다 탓할 수도 없고 난감합니다요. 서울아지매가 직접 회관에 나오셔서 말씀을 한번 잘 해주시면……

이장이 머리를 긁적였다.

—네, 그러잖아도 내일쯤 회관에 들르려고 해요.

오 여사는 시골에 내려와 이 년 동안 살면서 마을회관에 몇 번 나가지 않았다. 처음엔 아픈 남편 놔두고 놀러 다닐 처지가 아니었다. 무엇보다도 노인네들이 백 원짜리 민화투를 치면서 남의 집 험담하는 게 듣기 싫었다. 좋은 얘기는 없고 누가 이혼을 했니, 부도를 냈니, 사고를 쳤니 하는 얘기들뿐이었다. 그러니 그새 회관의 노인네들이 막내에 대해서 이러쿵저러쿵 말을 지어냈을 것이다. 젊은 놈이 개 열 마리를 데리고 왔으니 얼마나 말 만들기 좋을 것인가. 오 여사는 나갔다가 들어오는 길에 농협마트에 가서 과일이랑 음료수를 한 박스 사서 마을회관으로 배달시켜야겠다고 생각했다. 대기업에 다니는 큰아들과 피아노 선생인 큰며느리, 강남에서 제과점을 운영하는 딸네 부부 얘기가 나오면 오 여사는 어깨가 으쓱해졌다. 그러나 그놈의 막내네 얘기만 나오면 기를 펼 수가 없었다.

'으이그, 막내 이놈! 근데 내일 내려오기는 하려나?'

저절로 한숨이 나왔다.

구불구불한 시골길을 따라 내려가는 군내버스 차창 밖으로 너른 들판이 내다보였다. 버스에는 머리칼 허연 노인들만 커다란 짐 보따리를 들고 오르내렸다.

—어데 가노?

—진주 딸네 집에. 니는?

—내는 읍에 간다.

아는 이들을 만나면 서로 인사를 나누느라 버스가 한참이나 정차했다.

오 여사는 창밖 풍경을 보며 잠시 생각에 잠겼다. 말기 전립선암에 걸린 남편이 방사선 치료를 끝내고 난 후 마지막 소원이라며 태어나고 자란 고향집에 가고 싶다고 했다. 오 여사는 남편과 동향이지만 다른 면 소재지 출신이었다. 낙향인지 귀향인지 어쨌든 그렇게 해서 내려온 고향이었다. 남편은 결국 뼈를 선산에 묻었다.

그 후 오 여사가 혼자서 시골집에서 산 지 일 년이 조금 넘었다. 오래 사귄 친구들은 모두 서울에 있고 병원이나 마트, 미장원 등이 멀리 있으니 불편한 점이 한둘이 아니었다. 큰아들과 딸은 다시 서울로 올라오라고 성화를 부렸다. 하지만 태생이 시골이라 그런지 오 여사는 대청마루에 앉아 지리산 자락의 푸른 솔을 곁눈질하거나 산새소리를 듣고 텃밭에 야채를 심어 가꾸는 재미가 쏠쏠했다.

헌데 언제부턴가 불쑥불쑥 혼자라는 사실이 피부에 와닿았다. 물론 몇십 년 함께 산 남편이 곁에 없으니 외로웠다. 하지만 그것과는 다른 감정이었다. 세찬 바람이 뺨을 스칠 때처럼 선득선득한 느낌이랄까. 대낮에도 뒤뜰로 돌아가다가, 아궁이에 불을 지피려고 부엌으로 내려서다가, 화장실 문을 열다가 흠칫 놀라곤 했다. 왠지 조금씩 두려워지기 시작했다. 그게 나이 탓인지는 알 수 없었다. 애들한테는 그런 말을 하지 않았지만 서울로 돌아가야겠다고 생각하던 참이었다.

어느 날 전화를 건 막내가 당분간 시골에 내려가 있으면 안 되겠느냐고 물었다.

—젊은 놈이 시골 내려와서 뭐 해먹으려고?

막내는 진득하지 못하고 뻔질나게 직장을 바꾸는 편이었다. 그래서 오 여사는 퉁명스럽게 쏘아붙였다.

—개가 여러 마리 되니까 아무도 방을 안 빌려줘요.

—그럼, 누굴 주든지 내다 버리든지 해라.

그때까지만 해도 오 여사는 개가 열 마리나 되리라곤 예상하지 못했다.

—에이, 엄마 그러지 마시고……. 난 여기 현장에서 먹고 잘 데가 있으니까 주말마다 내려갈게요. 엄만 혼자 외로울 텐데 며느리가 말동무해드리면 좋잖아요.

—에레기 썩을 놈, 뭐가 뭐 생각한다더만.

그렇게 대화를 했지만 설마 금방 내려올까 싶었다. 그런데 사나흘 후 막내네가 이삿짐 차를 타고 시골집으로 쳐들어오다시피 했다. 오 여사는 개 열 마리를 보곤 기가 막혔다. 막내는 수놈들을 모두 정관수술 시켜서 더 이상 새끼를 낳지 않을 거라며 얼렁뚱땅 엉너리를 쳤다.

그새 버스가 읍내 차부에 도착했다.

'아무래도 꿈자리가 뒤숭숭해서 이따가 들어가는 길에 절에 들러야겠다.'

오 여사는 남편 사십구재를 지낸 화암사에 들러서 기도를 해야겠다고 마음먹었다.

—야야, 서울동숭, 어서 온나.

맹순 언니가 버스 도착시간에 맞춰 정류장에서 기다리고 있었다. 오 여사는 언니 손을 잡으며 말했다.

—언니는 다리도 안 좋으면서 왜 여기까지 걸어와? 저기 에스케이 주유소 의자에 앉아 있으면 내가 그리로 갈 텐데.

—에스 뭔지 내는 모르겠고 거 지름 넣는 거기서 잠 앉아 있다가 살살 걸어왔대이.

그 말을 듣는 순간 오 여사는 전에 언니가 했던 말이 생각나서 쿡쿡 웃음이 나왔다.

—가게마다 지랄한다고 꼬부랑 글씨는 써 놔갖고……. 촌에는 한글도 몬 읽는 영감 할매가 천지삐까린데 그걸 우에 알것노.

그건 언니 말이 맞았다. 오 여사가 봐도 SK나 LG 같은 알파벳뿐 아니라 커피숍이나 제과점 이름에 외래어를 안 쓴 데가 거의 없었다. 서울의 새 아파트 이름도 점점 길어지고 발음하기도 어려웠다. 오죽하면 시부모 찾아오지 말라고 그렇게 지었다는 말이 나올까.

이 년 전 오 여사가 아픈 남편을 데리고 내려왔을 때 맹순 언니는 새로 난 지름길을 가르쳐주고 아는 사람들을 여럿 소개시켜 주었다.

—이 동숭이 삼십 년이나 서울 살다 고향 찾아 내려왔대이. 앞으로 나 본 드끼 잘 챙겨주소, 알긋재?

언니 덕분에 방앗간과 미장원, 옷 수선 집 등 단골 가게가 여럿 생겼다. 병원과 한의원은 조금이라도 더 친절하고 싼 곳을 알려주었다. 오 여사는 읍에 나가면 한의원에서 침 맞고 물리치료를 받거나 맹순 언니 만나서 같이 밥을 먹거나 목욕을 했다. 그러면 한나절이 후딱 지나갔다.

맹순 언니가 갑자기 오 여사 얼굴을 빤히 들여다보더니 고개를 갸우뚱했다.

—그러고 봉께……. 니 얼골이 어째 마이 부은 거 같은디…….

—살이 쪄서 그렇겠지. 먹고 놀기만 하니깐.

오 여사가 웃으면서 제 볼을 꼬집었다.

—아이다. 부은 거 맞대이. 붓는 기 참 안 좋은 긴데, 참말로 괘안나?

—사실은 며칠 똥을 못 눴어. 그래서 그럴 거야. 변비약을 먹어도 소용이 없고 이번엔 좀 오래가네.

배를 두들기는 오 여사를 보며 언니가 고개를 끄덕였다.

—그거 참말로 고생스럽대이. 스트레스 많이 받으면 그렇다두만 동숭이 이제 뭐 신경 쓸 일이 있나?

떠난 남편 생각은 하지 말라는 뜻 같기도 했다. 언

니야말로 일찌감치 남편 잃고 청상과부로 두 아이 키우느라 고생을 많이 했다.

—그나저나 막둥이가 내려와 있어서 든든허재?

맹순 언니가 갑자기 막내 얘기를 꺼냈다.

—으응, 그럼 그럼, 좋지. 안 심심하고…….

시시콜콜 집안사정을 까발리기 싫어서 오 여사는 그저 웃어 보였다.

어느새 시장통에 있는 팥죽집에 도착했다. 값도 무척 싸지만 팥 앙금을 진하게 내려서 맛이 좋았다. 찹쌀로 빚은 새알이 많이 들어서 속이 든든했다. 서울에선 죽었다 깨도 먹을 수 없는 고향의 맛이었다. 팥죽을 다 먹고 나서 오 여사가 버스 시간을 슬쩍 살폈다.

—언니야. 오늘은 아무래도 화암사에 들렀다 갈란다.

—와? 우디라꼬? 아참, 거기 아재 사십구재 했던 곳 맞제?

—응, 요즘 자꾸 그 양반이 꿈에 보이네.

오 여사는 머리를 흔들며 인상을 찌푸렸다.

—우야꼬, 아재가 아즉도 동숭이 억수로 보고 싶은 갑다.

맹순 언니가 큰 소리로 웃었다. 주위에 있는 사람 몇이 둘을 돌아다보았다. 오 여사는 부끄러워서 언니 팔을 꽉 붙잡았다.

언니하고 헤어진 후 평촌 마을에서 버스를 내렸다. 오 여사는 먼저 농협마트에 들러서 다음 날 아침까지 마을회관으로 음료수와 과일을 배달시켜 놓았다. 또 산신각에 올릴 사탕과 과자를 사고 불전함에 넣을 잔돈을 깨끗한 것으로 챙겼다.

동네를 벗어나 휘적휘적 야트막한 산길을 올라갔다. 숨이 찰 때쯤 작은 절 화암사에 도착했다. 앞마당에 아담하게 녹차밭을 꾸민 솜씨가 비구니스님 도량 다웠다.

—서울아지매 오셨는교? 어서 오이소.

공양주보살이 반갑게 인사를 했다. 그러더니 난처한 표정으로 말했다.

—헌데 이거 우짜지요. 주지스님 어제 부산 가셨어

예. 내일이나 오실 끼라예.

—괜찮아요. 지나는 길에 그냥 들렀어요.

오 여사는 법당으로 들어가 부처님 전에 맑은 물을 올리고 향을 피웠다.

—옴 아모카 바이로차나 마하 무드라 마니파드마 즈바라 프라바틀타야훔.

광명진언을 읊조리며 절을 하고 또 했다. 모쪼록 삼 남매가 건강하고 무탈하기를 마음속으로 빌었다. 그러고 나서 남편의 영정사진 앞으로 가서 두 번 절을 했다.

'이놈의 영감탱이, 왜 어수선하게 남의 꿈자리를 들락거려요?'

젊었을 때 속을 무던히 썩이던 남편이었다. 외동아들에다 고집불통이었고 세상 물정을 너무 몰라서 일을 저지르는 편이었다. 그래도 늘그막에는 어쩌니저쩌니 서로 의지가 되었다. 암 투병치고는 그리 길게 고생 안 한 것도 고마운 일이었다. 오 여사는 가부좌를 하고 앉아 눈을 감았다. 어젯밤 꿈속에서 보았던 뱀의 형상이 눈앞을 슬쩍 지나갔다.

오 여사가 시집온 지 얼마 안 되었을 때였다. 스물을 갓 넘은 남편은 장가를 들고서도 여전히 동네 친구들과 어울려 놀기를 좋아했다. 그들은 순전히 재미로 남의 집 밭에서 과일이며 콩서리를 하고 갓 낳은 달걀을 훔쳐 먹곤 했다. 어느 날, 오 여사가 윗마을에 있는 밭에 가는 길이었다. 길 한복판에 돌무더기가 놓여 있고 그 안에서 뭔가 꿈틀거렸다.

—아이구머니나!

새댁 오 여사는 놀라서 뒷걸음을 쳤다. 노란 뱀 한 마리가 머리를 까딱거리는 것 아닌가. 그런데 뱀의 동작이 좀 어설퍼 보였다. 한 치도 움직이지 않고 제자리에서 머리만 까닥까닥했다. 뱀의 몸통 한가운데가 큰 돌로 눌려져 있었던 것이다. 남편과 동네 남정네들의 소행이었다. 오 여사는 남편한테 몇 번이고 그 뱀을 치워달라고 했다. 그렇지만 남편은 들은 척도 안 했다. 그래서 윗동네에 가려면 지름길을 놔두고 먼 길을 돌아가야 했다. 가을이 지나고 눈발이 슬슬 내리기 시작했다. 그때까지도 그놈의 뱀은 죽지 않고 살아서 꿈틀거렸다.

—제발 뱀 좀 치워줘요. 안 그러면 내가 애가 타서 먼저 죽겠어요.

오 여사는 뱀이 원한을 사면 재수가 없다는 말은 못 하고 그저 죽여서 멀리 갖다 버리라고 애원을 했다. 그제야 남편이 뱀을 처리해주었다. 그 후로도 오랫동안 오 여사는 그 길을 지나가지 못했다. 그리고 서울 올라와서 사는 30년 동안 그 뱀을 까마득히 잊고 있었다.

남편 사십구재 날이었다. 화암사에서 재를 마치고 집 안으로 들어가려고 할 때였다.

—엄마야! 이게 뭐야? 뱀이야, 뱀!

앞서 가던 딸년이 대문 앞에서 소리를 꽥 질렀다. 다가가서 보니 대문 문고리에 노리끼리한 뱀이 칭칭 감겨 있었다. 틀림없이 그놈이었다. 오 여사는 가까이 다가오는 손자 녀석과 막대기를 주워 들고 뛰어오는 사위를 멀찌감치 떼어놓았다. 그리고 두 손을 싹싹 비비며 혼잣말을 했다.

—아이구야, 니가 와 여기 와 있노?

오 여사는 기분이 묘했지만 일순 무심한 척했다.

—우리 집 양반 그만 죽어 뻿다! 오늘 사십구재 안 했드나.

오 여사는 경상도 사투리로 중얼중얼 말을 건넸다. 꼭 일을 저질러 놓고 뻗대는 어린애를 타이르는 말투였다.

—너도 인자 그만 원한 풀고 멀리멀리 가거래이, 알것제?

그때였다. 꼼짝도 안 하던 뱀이 말귀를 알아들은 것처럼 스르르르 몸뚱이를 길게 풀었다. 그러자 대문 아래로 가늘고 긴 몸뚱이가 툭 떨어졌다. 저녁 햇살을 받아 몸뚱이가 황금빛으로 번쩍였다. 이어서 누런 뱀은 구불텅구불텅 돌계단을 내려가 길 건너 대숲으로 사라졌다.

오 여사는 감았던 눈을 떴다. 왜 그날의 상황이 이토록 선명하게 보이는 걸까. 그녀는 나쁜 기억을 털어

버리기라도 할 듯 머리를 흔들었다. 그리고 잠시 저린 다리를 두드렸다. 요사채로 내려갔다. 공양주보살이 밥상을 차려놓고 기다리고 있었다.

—퍼뜩 안 내려오시서 모시러 올라갈라고 했어예. 같이 공양 하시지예?

—팥죽 먹은 지 얼마 되지 않은데…….

속은 여전히 더부룩했다.

—죽은 금방 꺼진다 안 합니꺼? 큰 제사 끝나서 나물 반찬이 많아예.

오 여사는 나물 반찬이라는 말에 구미가 당겼다. 나물 욕심에 밥을 한껏 비볐다. 고기 한 점 없어도 맛있는 게 절밥 아닌가. 맛있게 한 그릇을 뚝딱 비웠다. 에고, 또 이렇게 많이 먹어서 어쩌려고……. 오 여사는 수저를 내려놓으며 곧바로 후회를 했다.

—보살님, 촌에서 우예 지낼 만하십니꺼? 서울에 올라가고 싶은 맴은 없으십니꺼?

공양주가 다정스레 운을 떼자 눈물이 찔끔 나려고 했다.

—전해 들었는지 모르겠는데 막내아들이 개를 열 마리 데리고 내려왔잖은가.

찻잔에 차를 따르던 그녀의 손이 멈칫했다.

—아이고마 시상에, 개가 열 마리나 된다꼬예?

—그러니 동네가 시끄럽고 챙피해서…….

누구에게든 시원스레 속마음을 털어놓고 싶었다. 그런데 공양주의 대답은 의외였다.

—그 개들이 보살님과 참으로 큰 인연 같네예.

—인연?

—야, 요즘 젊은 사람덜은 굶더라도 서울 가서 굶겠다 카는데……. 그 많은 개가 아니면 젊디젊은 아들네가 와 촌구석에 들어오겠습니꺼? 그러니까 큰 인연이지예.

오 여사는 어이가 없어서 입을 쩍 벌렸다. 서당개 삼 년이면 풍월을 읊는다듯이 공양주 오래 하면 절반 중이나 다름없다더니 그 말이 딱 맞는 것 같았다.

해가 뉘엿뉘엿했다. 한여름 같으면 아직 훤할 시간

인데……. 공양주보살이 제사를 지내고 남은 시루떡을 싸줘서 갖고 가는 길이었다. 휴대폰이 울렸다. 막내며느리였다.

—어머니, 어디 계세요? 오늘은 많이 늦으시네요.

읍내에서 타고 들어오는 버스 시간이 일정한데 평소보다 늦으니까 걱정을 했나 보다. 오 여사는 미리 알려줄 것을 그랬나, 그런 생각을 잠시 했다.

대문을 두드리기도 전에 발소리를 듣고 개들이 마구잡이로 짖어댔다. 절에 다녀와서 마음이 좀 누그러져 있었는데 한꺼번에 짖어대는 개 소리를 듣자 오 여사는 또다시 신경이 날카로워졌다.

—에구, 참말로 시끄럽다. 이놈들아!

—얘들아, 들어가자. 빨리빨리!

막내며느리는 오 여사가 집에 없는 동안 개들을 마당에 풀어놓는 모양이었다. 그녀는 서둘러 개들을 집으로 몰아넣으려고 애를 썼다.

—어머니, 죄송해요. 얘들이 답답해하는 거 같아서…….

며느리가 뛰어와 가방을 받아 들며 변명을 했다. 지랄, 애들은 뭔 애들. 오 여사는 개를 안고 뽀뽀를 해대고 심지어 '엄마가, 아빠가' 하며 호칭하는 요즘 젊은 것들을 이해할 수 없었다.

—막내는 소식 없냐? 낼모레는 내려온다더냐?

오 여사는 마루에 올라서다 말고 돌아서서 물었다.

—네. 요즘 좀 바쁜가 봐요. 그래도 꼭 온다고 하던데……

—쯧쯔쯔, 뭔 떼돈을 번다구.

배가 사르르 아팠다. 오 여사는 더 말을 못 잇고 화장실로 달려갔다. 똥이 마려운데 오줌만 찔끔 나오고 말았다. 배를 주물럭거리고 두드려보지만 소용이 없었다.

—어머니, 괜찮으세요?

화장실에서 나오자 며느리가 걱정스런 표정으로 물었다.

—마실 물이나 떠다 놔라.

오 여사는 후회를 했다. 팥죽 먹고 커피 마시고 비

빔밥에 떡까지 먹었으니 너무 많이 먹었다. 밖으로 내보내진 않고 안으로 꾸역꾸역 넣기만 했으니 큰일이다. 오 여사는 하나 남은 변비약을 먹고 잠자리에 들었다. 밤새 열이 나고 배가 아팠다. 자다가 몇 번이나 요강을 찾았다. 엎치락뒤치락하느라 잠을 설쳤다.

어슴푸레 날이 밝았다. 화장실로 달려가 변기에 앉아서 배에 힘을 줬다. 똥구멍이 찢어질 듯 아플 뿐 나오는 건 아무것도 없었다. 용을 쓰니 이마에서 땀이 삐질삐질 흘렀다. 손을 뻗어 항문 주변을 만져보았다. 세상에나, 큼직하고 단단한 돌덩이 같은 게 손에 잡혔다. 항문을 움켜잡고 주물러 보지만 소용이 없었다. 단단한 게 누르고 있으니 어찌해볼 도리가 없었다. 미칠 지경이다. 급기야 오 여사는 제자리에서 팔짝팔짝 뛰었다.

—에고에고, 나 죽겠네.

저절로 신음소리가 나왔다. 개들이 컹컹캉캉 짖어 댔다.

—아이구 배야. 저놈의 개들은 또…….

더 이상 욕도 안 나왔다. 땀이 줄줄 흘러 윗도리를 흠뻑 적셨다.

—왜 그러세요, 어머니?

변기에서 일어나 발을 동동 구르고 있는 여사를 보고 막내며느리가 소스라치게 놀랐다.

—나 죽겠네. 이놈의 똥이……. 똥이 안 나와. 아이구야. 사람 잡네.

혈압이 오르는지 얼굴이 달아올랐다. 안에서는 밀어내고 있는데 구멍을 돌덩이가 막고 있는 형국이니 환장할 지경이다. 에구에구. 신음이 절로 나왔다. 애를 셋이나 낳았지만 이것보다 고생스럽진 않았던 것 같다.

—안 되겠어요. 어머니, 저기 마루청에 엎드리세요.

—애는 무슨 소릴…….

—괜찮아요, 어머니. 제가 전에 요양원에서 일한 적 있어요. 준비할 동안 어서 바지 벗고 엎드리세요.

며느리가 큰 타월을 마룻바닥에 깔았다. 부랴부랴 일회용 장갑과 나무젓가락, 식용유통, 휴지 등속을 갖다놓았다. 세상에나, 수술이라도 할 참인가. 곁눈질을 한 오 여사는 기가 꽉 막혔다. 이미 바지는 벗었지만 주저주저하는 오 여사를 보고 며느리가 야단을 쳤다.

—어머니, 얼른 엎드리세요. 더 놔두면 큰일 나요. 혈압도 오르고 항문이 찢어지면 더 위험해요.

오 여사는 대충 쭈그리고 앉은 채 팬티를 꼭 쥐고 덜덜 떨었다.

—아이참, 어머니, 병원 가면 남자 의사한테 맡겨야 해요. 그것보단 낫겠죠? 눈 딱 감고 병원에 왔다고 생각하세요.

이제 더 이상 이런저런 생각할 겨를이 없다. 웅크리고 앉아 엉덩이만 치켜들면 되는 일이었다.

—세상에, 너무 단단해서……. 도저히 손가락이 안 들어가네요.

식용유를 묻힌 일회용장갑을 낀 며느리가 혀를 내둘렀다. 이어서 나무로 깔짝깔짝 돌 긁는 소리 같은 게 났다. 오 여사 발치로 조금씩 뭔 부스러기들이 떨어졌다.

—됐냐?

오 여사는 미안하고 부끄러워서 괜히 물어보았다. 며느리는 아무 대답도 하지 않았다.

—아, 아, 아……. 이제 됐어요.

며느리의 감탄과 함께 갑자기 돌덩어리 같은 게 몸 안에서 빠져나오고 있었다. 시난고난 몸을 뒤틀다가 어느 순간 애가 쑥 빠져나오던 때가 생각났다. 꼭 그 순간 같았다.

—아구구구.

오 여사는 일어나서 화장실로 내달렸다. 다리 새로 줄줄 똥물이 흘러내렸다. 변기에 앉아서 뱃속의 것을 마저 시원하게 훑어냈다. 휴우휴우 휴우휴우, 숨을 몰아쉬었다. 깜깜하던 눈앞이 환해졌다. 깜빡 죽었다 깨어난 느낌이었다. 그 순간이었다. 돌에 몸뚱어리가 짓눌린 채 머리만 까닥이던 뱀의 모습이 눈앞에 보였다. 며칠 항문을 막고 있던 것 때문에 이 난리를 쳤는데 몇 계절을 돌덩이가 몸을 짓누르고 있던 그 뱀은 얼마나 고통스러웠을까.

화장실 문 앞에서 소리가 났다.

—어머니, 보일러 올렸으니 목욕하고 나오세요.

—오냐.

자기도 모르게 말투가 부드러워졌다. 오 여사는 목욕을 하는 동안 개운해서 콧노래라도 부르고 싶었다. 문을 열고 밖으로 나왔다. 울타리에 개 열 마리가 쪼르르 붙어 서 있는데 웬일인지 낑낑 몇 번 소리를 내고는 더 이상 짖지 않았다.

'네놈들도 다 지켜본 거여?'

오 여사는 괜시리 개들을 향해 주먹을 들어 보였다.

'근데 개 인연도 참말로 인연인감?'

—어머니, 녹두죽 좀 끓여봤어요. 속이 편해지실 거예요.

막내며느리가 마루에 쟁반을 내려놓으며 말했다. 그때 마침 전화벨이 울리더니 전화 받는 소리가 안방까지 들렸다.

—은수 씨, 어디예요? 읍에 다 와 가요?

막내아들 전화였다. 벽시계를 올려다보니 고속버스가 곧 읍내 차부에 도착할 시간이었다.

오 여사는 녹두죽을 한 순갈 떠먹었다. 간도 맞고 죽이 알맞게 잘 퍼졌다. 구수한 맛이 입안에 착 감겼다. 녹두의 반지르르한 연둣빛이 그리 예쁠 수 없었다.

모니터링하는 시간

선미는 정성 들여 화장을 하고 장롱 깊숙이 넣어둔 연두색 투피스를 꺼내 입었다.

“먹고 죽은 귀신이 때깔도 곱다더니, 귀신 행상이 어쩜 살아 있을 적 그대로라니! 살아생전 지지리 궁상으로 살았으니 죽어서라도 그 한을 풀면 좋으련만……”

꿈을 꾸고 난 날이면 친정엄마는 죽은 이들의 꿈속 차림새가 평소 그대로 허접하더라며 혀를 끌끌 차곤 했다. 그 말이 귓속에 박혔는지 선미는 함께 일한 동료들에게 빛바랜 청바지에 검정 운동화, 챙 넓은 모자 쓴 모습으로 기억되고 싶지 않았다. 일주일간의 모니터링 일이 끝나는 날이었다.

“오늘따라 왜 유난을 떨어?”

스타킹을 신고 있는 선미를 보고 남편이 퉁명스럽게 내뱉었다. 마무리 잘하고 들어오라고는 못 할망정 저렇게 배알 꼴린 얼굴을 해야 해. 선미는 얼굴을 찡그렸다. 다른 때 같으면 선미도 "무슨 말뽄새가 그래? 낭군님, 고운 말 좀 쓸 수 없을까?" 하며 지지 않고 한마디 했을 터였다. 그러나 쉬는 토요일을 애들 돌보느라 붙들려서 동창들과의 산행을 못 하게 된 남편의 심사를 달래야 했다.

"미안. 어쩌다 한 번인데 봐주라, 응? 저녁은 나가서 외식하자. 뭘 먹을지 그거나 생각해 둬. 오늘은 내가 쏜다."

선미는 일부러 호기를 부렸다.

"끝나면 곧장 들어와. 알았지?"

끝까지 뻣뻣하게 구는 동갑내기 남편한테 선미는 섭섭한 감정이 드는 걸 감출 수 없었다. 그래도 꼬박 일주일 동안 일한 수당을 받을 걸 생각을 하니 조금 위로가 되었다.

버스를 놓칠세라 계단을 허둥지둥 걸어 내려갔다.

삼성빌라 일층 현관문 앞에 경비원 정 씨가 빗자루와 쓰레받기를 들고 서 있었다. 그는 의욕적이고 활기찬 모습은 온데간데없이 몸뚱어리만 여기 있고 정신을 딴 데 빼앗긴 허깨비 같아 보였다. 선미가 먼저 인사를 건넸다.

“좋은 아침입니다.”

“좋은 아침입니다.”

정 씨가 앵무새처럼 덩달아 인사를 했다. 예전 같으면 ‘그렇게 입으시니 참 고우시네요.’라든가 ‘아가씨라 해도 곧이듣겠네요.’라고 인사말을 건넸을 거라고 선미는 생각했다.

경비 일을 시작한 지 넉 달밖에 안 된 정 씨는 처음부터 남달랐다. 퇴직 후 오랜만에 잡은 직장이라 하더니 늘 싱글벙글했다. 매사에 부지런하고 인사성이 밝았다. 좁은 초소 안에 웅크리고 앉아 있거나 꾸벅꾸벅 졸고 있는 모습을 볼 수 없었다. 정 씨가 온 후 신발에 묻혀 온 흙으로 지저분하던 현관문 앞이 깨끗해졌다. 또 틈만 나면 전지가위를 들고 아파트 화단의 나무들을 다듬었다. 누군가 양손에 쇼핑봉투라도 들고 있으면 훌쩍 들어다 그 집 앞에 놓아주는 것도 정 씨 몫이었다. 그러자 주민들이 입을 모아 정 씨를 칭찬했다.

그런데 얼마 전 단지 내에 도둑이 들면서 문제가 생겼다. 그날 그 시간에 정 씨는 혼자 사는 노인의 물건을 집 안까지 들어다주고 그 집의 고장난 수도를 봐주었던 것이다. 그러자 정 씨의 지나친 친절이 오히려 부담스러웠다느니, 쓸데없는 월권행위를 했다느니 하는 등 정 씨를 감싸기만 하던 반응과 다른 의견이 나돌기 시작했다. 물론 정 씨한테 책임을 전가할 수 없다는 의견도 만만치 않았다.

선미가 탄 버스가 움푹 파인 도로 위를 지나가면서 쿵당쿵당 심하게 요동쳤다.

"에이, 썅!"

운전기사가 침이라도 뱉을 듯이 거칠게 투덜거렸다.

'저 기사양반 근무 태도에 몇 점을 줄까? 고객을 위한 배려가 부족한 것 같은데…… 3점 보통은 아니겠

고 그럼 2점 미흡?'

선미는 자기도 모르게 운전기사의 근무상태를 점수로 평가했다.

'아냐, 도로 노면의 요철 상태로 보면 점검을 소홀히 한 서울시에 책임이 있지 않을까?'

거기까지 생각이 미치자 선미는 피식 웃었다. 고작 일주일 동안 모니터 일을 했다고 아무데서나 직업의식을 발동시키다니! 아닌 게 아니라 버스에 올라타면 실내를 세세히 살피는 버릇도 최근에 생겼다. 의자 등받이 비닐 커버가 찢어졌는지, 바닥에 눌어붙은 껌이 보이는지, 더러운 휴지가 떨어져 있는지 그런 걸 살폈다. 유리창을 긁으면 손톱 밑에 시커먼 때가 두껍게 묻어났다. 그럴 때면 앞으로 모든 시설을 모니터화해서 관리해야 한다고, 그래야 전혀 바뀔 것 같지 않은 고질적인 문제점이 개선될 거라고 선미는 마음속에서 부르짖었다. 그런 생각을 하는 자신이 놀랍기도 했다.

선미는 모니터 일이 적성에 맞는 것 같았다. 모니터를 하는 게 친한 친구에게 어울리는 옷을 골라주는 것만큼이나 흥미로웠다. 사실 희수 선배가 이번 일을 소개해 줄 때까지만 해도 모니터 요원이 어떤 일을 하는지 몰랐다.

지난 화요일 아침의 희수 선배 전화는 울고 싶은데 뺨 때려준 격이었다.

"이런, 쯧쯧쯧, 문선미! 그 좋은 머리 어디다 썩히고 이 시간에 집에 있어. 인력 낭비 아니야?"

전화를 받자마자 먹이를 향해 달려드는 육식동물처럼 날쌘 목소리가 튀어나왔다.

"희수 선배? 이게 얼마 만이에요? 엘에이에서 돌아왔다는 소식은 들었어요."

"소식 들었다면서 전화 한 통 안 하기야?"

희수 선배는 상대방의 눈치 안 보고 제 할 말 쏟아붓는 성격 때문에 동료와 후배들의 불만을 많이 샀다. 하지만 선미는 오히려 그 점이 맘에 들었다. 선배는 엘에이에서의 생활이 어쩌고저쩌고 한참 수다를 떨었다. 십 년 만에 석박사학위를 취득하고 얼마 전에 지방대학에 자리를 잡았다고 했다.

통통 튀는 선배의 목소리를 듣는 중이었다. 또 그놈의 아지랑이가 눈앞에서 어른거렸다. 선미는 전화기를 들고 화장대 앞 의자에 걸터앉았다. 눈을 감아도 어지럼증은 쉽게 가라앉지 않았다.

"참, 너 며칠간 일해 볼 생각 없니?"

선배가 불쑥 물었다.

"무슨…… 일?"

선미는 일이라는 단어가 미지의 세계만큼이나 환상적으로 느껴졌다. 멀리 떠나가 버린, 다시는 돌아오지 않을, 오래전에 헤어진 연인이라고 할까.

"훼밀리랜드 알지? 거기서 모니터하는 건데 노는 셈 치고 한번 해봐. 잘만 하면 앞으로 계속 일할 수도 있고…… 일단 일주일만 나가면 돼."

선미는 와락 겁이 났다. 나로 인해 선배의 입장을 난처하게 만드는 것은 아닐까. 당당하게 의견을 내세우던 대학 시절의 패기를 기억하고 선배가 나를 추천하는 것일 텐데…… 그런 생각이 들기도 했다.

그때 마주하고 앉은 거울 속에 늙고 지친 중년 여인

의 모습이 보였다. 전화기를 한쪽 어깨에 얹은 채 부스스한 머리를 하고 있었다. 선미는 멍하니 그 여인을 쳐다보았다.

"선배, 그 일 해볼게요."

선미는 거울을 외면하며 얼른 대답했다. 거절하면 하루에 너덧 시간쯤 자기 시간도 못 내냐는 선배의 독설이 쏟아져 나올지 몰랐다.

생각이란 얼마나 간사한 것인가. 그동안 옴짝달싹 못 하게 하던 일상이 생각을 한 자락 접으니 그토록 쉽게 해결되는 것들이었다. 아이들이 낮에 엄마를 필요로 하는 것이 고작 문 열어 주고 점심 먹여서 학원 보내는 일이라니! 민주는 유치원 갈 때 샌드위치 싸 주고 끝나면 유치원 버스로 미술학원까지 데려다 달라고 하면 되었다.

'민식이는 초등학교 2학년이잖아. 다른 애들은 유치원 때부터 열쇠 목걸이 차고 다닌다던데 그깟 일주일이야, 뭐.'

나이 든 여성의 고학력이란 거추장스러운 액세서리

에 불과했다. 기혼여성의 새로운 도전을 두 손 번쩍 들고 환영하는 곳은 아무 데도 없었다. 젊고 예쁘고 패기 있는, 갓 대학을 졸업한 취업준비생 틈바구니에 서면 자신이 더욱 초라하게 느껴질 뿐이었다. 그동안 아이들은 엄마의 외출을 순순히 허락하지 않았다. 잠깐 사이에 아이들은 음식을 쏟고 옷에 오줌을 묻히고 넘어져서 울었다. 결국 '아이들이 좀 더 자라면'이라는 그 신빙성 없는 약속을 끝으로 이력서 쓰기를 그만두었다.

선미는 선배 전화를 받은 화요일 아침부터 즐거웠다. 권태롭고 짜증스럽기만 하던 집안일조차 새로웠다. 또각또각 써는 칼질에도 힘이 느껴졌고, 진공청소기를 돌리며 흥얼흥얼 콧노래도 불렀다. 민식이는 "엄마, 오늘이 엄마 아빠 결혼기념일이야?" 하고 물었다. 누군가 그날이 최고로 좋은 날이라고 일러주었던 모양이다. 시간 맞춰 출근할 곳이 있다는 건 사랑받고 있다는 감정과 흡사했다. 누군가 내 손길을 기다리고 내 능력을 필요로 한다는 게 얼마나 가슴 뛰는 일인가.

선미는 한동안 잊고 있었던 사랑의 감정을 엉뚱한 데서 느끼고 있었다. 남편의 손길은 결혼 초기의 떨림을 잃었다. 어느 때는 억지로 숙제를 해야 하는 초등학생처럼 지루해 보였다. 또 결혼 전에는 겁이 없어서 여자다운 맛이 젬병이라고 남자 친구들에게 놀림을 당했는데 첫애를 낳고부터 매사에 자신이 없어졌다. 산을 오를 때만 해도 그랬다. 바윗돌도 괘념치 않고 팔딱팔딱 뛰어다녀 산다람쥐라는 별명을 듣곤 했는데 앞산 비탈길에서도 벌벌 떨었다. 단숨에 뛰어내려도 될 법한데 나뭇가지를 붙잡고 쩔쩔맸다.

"왜 그리 꾸물거려? 벌써 오십 먹은 아줌마 포스 보인다. 엉덩이를 쓰지 말고 머리를 써, 머리를."

남편은 아무 데서나 바지 까고 오줌 누듯 드러내놓고 선미의 자존심에 상처를 냈다. 그 말들이 상처를 만들고 그 상처가 덧나고 곪아서 그 사람의 영혼까지 갉아먹을 수 있다는 걸 남편은 모르고 있었다.

지난여름에는 남편이 던져준 책의 번역자 이름을 보고 선미는 식은땀을 흘리고 말았다. 역자는 대학 시절 같은 동아리에서 공부하던 동기였다.

“이 여자가 대학 동기라고? 어때, 약 오르지 않아?”

남편은 묻는 게 아니라 약을 바짝바짝 올리고 있었다. 평소에도 누구 부인은 최고 사원으로 뽑혀서 그 덕에 가족이 해외여행을 다녀왔다더라, 누구 부인은 과외를 해서 얼마를 벌었다더라, 누구 부인은…… 술자리의 여흥을 묻힌 채 소문을 뱉어내는 남편의 입술은 더 기름지고 게걸스러워졌다.

그때부터였던가. 하루에도 여러 번씩 작고 반짝이는 물체가 눈앞을 가득 메우고 둥둥 떠다녔다. 그것들은 꼬리를 길게 단 올챙이 모습을 하고 있었는데 봄날 아스팔트 위에 피어오르는 아지랑이 비슷했다. 그것들이 꽃불처럼 호르르 피어날 때마다 심한 어지럼증이 뒤따랐다. 그것들이 눈앞에서 제멋대로 까불거리고 희롱할 때면 하던 일을 중단한 채 오랫동안 눈을 감고 있어야 했다.

신호등에 걸린 버스가 주유소 근처에 정차했다. 주

유소 마당에는 수십 개의 전등이 환하게 불을 밝히고 오색의 팔랑개비들이 빙글빙글 돌아가고 있었다. 팔랑개비들은 훼밀리랜드 하늘을 가득 메운 색색의 애드벌룬과 놀이기구를 닮아 있었다. 그때, 기름을 넣으려고 주유소로 들어오는 자동차를 향해 구십 도로 인사를 하는 청년이 눈에 띄었다. 그는 연신 웃는 낯으로 고객과 대화를 나누거나 이리저리 뛰어다녔다. 일하는 모습이 마치 신나는 놀이를 하고 있는 것처럼 보였다. 청년의 모습에 일하는 게 즐거워 콧노래라도 부를 것 같던 경비원 정 씨의 모습이 겹쳐 보였다. 이어서 점점 기가 죽고 멍한 표정으로 변해가던 정 씨의 또 다른 얼굴이 눈앞에 떠올랐다. 저 청년의 얼굴에 얼마나 오랫동안 저 맑은 웃음이 머무를 수 있을까. 선미는 자꾸 뒤를 돌아다보았다.

훼밀리랜드로 가기 전에 사무실에서 오늘의 행선지와 조사할 내용에 대한 간단한 설명을 들었다. 그러고 나서 열네 명의 다른 요원과 함께 회사 앞마당에 대기하고 있는 봉고차에 올라탔다.

봉고차가 서울 외곽을 벗어날 무렵이었다. 옆자리에 앉은 쥐색 바바리코트를 입은 여자가 선미한테 말을 걸었다.

"어때요? 아직도…… 멀리 외출한 기분이 드세요?"

"어머, 그 말을 기억하고 계시네요?"

모니터를 하러 나온 첫날 간단하게 자기소개를 할 때 선미가 했던 말을 여자는 잊지 않고 있었던 것이다. '오래간만에 멀리 외출한 느낌이에요.' 아마 그렇게 말을 했을 것이다. 잠시 짬이 났는데 마침 일을 도와달라고 부탁을 받은 양 여유를 부렸나 보다.

문득 오리엔테이션 시간에 여론조사팀 유 실장이 모니터의 역할에 대해 강의를 했던 내용이 생각났다. 그녀는 지난해 훼밀리랜드를 모니터하고 그대로 시행한 결과 백 퍼센트 효과가 나타났다고 말했다. 그것이 여러 백화점의 서비스를 개선시키는 계기가 되었다는 사실도 강조했다. 자기네 여론조사 팀이 여러 경쟁 회사를 물리치고 이번에 또다시 훼밀리랜드 모니터 건을 따내게 된 것을 자랑스러워했다.

“여러분이 본 그대로가 곧 안전에 대한 평가가 됩니다. 전문 샤퍼로서 프라이드를 가지십시오. 여러분의 미스터리 샤핑이 체크리스트되어 개선에 즉각 리플렉트되니까요.”

유 실장의 어투는 거북살스러웠다. 그녀의 말을 들으면서 선미는 머릿속에서 영어사전 들추기에 바빴다. 낯선 단어 앞에서 자존심이 상하기도 했고 대충 앞뒤 말을 꿰맞추며 전체 의미를 파악하기에 급급했다. 그 말투가 해외유학파라는 걸 암시하는 건지, 유식한 체해서 요원들을 겁주려는 의도인지 알 수 없었다. 하지만 유 실장의 강의를 듣고 선미의 마음가짐도 달라졌다. 모니터의 역할이 얼마나 중대한 것인지 알고 나자 자투리 시간을 이용하여 반찬값이라도 벌겠다는 생각에서 출발한 자신의 안이한 태도가 부끄러웠다.

‘맞아. 내가 하는 일이 단순한 조사가 아니야. 곳곳에 도사리고 있는 위험과 문제점을 일찌감치 발견해 내는 막중한 일이야.’

그런 자각이 모니터 일을 사명의식과 즐거움으로 환치시켰다. 의욕이 불끈불끈 용솟음쳤다.

모니터 일을 마치면 사무실에 돌아와서 공동평가 작업을 했다. 그때마다 자기주장과 다르다고 울그락 푸르락하는 공방전은 볼 만했다. 수당이 더 많아지는 것도 아닌데 너무한다 싶을 정도였다. 하긴 그렇게라도 하지 않으면 각자 흩어져서 해내는 모니터 임무를 충실히 했다는 것을 증명할 길이 없었다.

유 실장은 요원들끼리 맘껏 이야기를 하게 만든 다음 슬그머니 뒷전에서 후려치곤 했다. 훼밀리랜드 내에 있는 마켓 건이 바로 그랬다. 평가가 다 끝났다고 생각하고 설문지를 정리하는데 유 실장이 불쑥 질문을 던졌다.

"문선미 씨, 프라자마켓에 들어갈 때 도어 문을 밀었나요, 잡아당겼나요?"

선미는 갑작스런 호명에 당황하며 마켓에 들어가던 그 순간을 떠올리려고 애를 썼다.

"밀……었던 것 같아요."

"클리어하게 말하세요."

"네네, 밀고 들어갔어요."

"분명히 밀고 들어갔단 말이죠. 그렇다면 그 도어에 프라블럼이 있잖아요. 현관문은 들어갈 때 잡아당기고 나갈 때 미는 것이 원칙이에요. 그런데 이 리포트에는 왜 노코멘트 되어 있죠?"

'정말 치사해. 이게 그쪽으로 가도록 유도해 놓고 다가서면 올가미를 씌우는 유치한 전술이 아니고 뭐야. 만일 그게 꼭 살펴봐야 할 부분이었다면 최소한 오리엔테이션 시간에 귀띔해 주어야 하잖아.'

선미가 그렇게 따지면 실장은 그건 원칙이 아니라 상식이라고 잡아뗄 게 뻔했다. 그때였다.

"실장님, 말씀대로 그 도어에 위험성이 많았습니다. 한쪽으로 고정시켜 놓아야지 양쪽 방향으로 열려서 들고 나가는 사람들끼리 부딪칠 가능성이 꽤 높았습니다."

가죽자켓을 입은 여자가 불쑥 나섰다. 매번 손가락에 물감 하나 묻히지 않은 채 다 만들어놓은 작품에 자기 이름을 내거는 그 여자가 선미는 맘에 안 들었다.

오리엔테이션과 공동평가 작업 때 있었던 일들을 상기하는 동안 봉고차 안은 삼삼오오 떠드는 소리로 어수선했다. 뒷자리의 여자들끼리 나누는 대화가 간간이 들렸지만 선미는 바바리여자와 이야기를 이어갔다.

"문선미 씨는 모니터링을 처음 한다고 했죠? 이쪽 일은 또 다른 기분이네요. 전 주로 시장조사를 했거든요."

바바리여자의 말이 선미의 흥미를 돋우었다.

"그래요? 시장조사는……. 어땠나요?"

선미가 묻자 그녀는 지저귀고 싶던 차에 잘 만났다는 듯이 재래시장을 돌며 가격 조사를 했던 에피소드를 쏟아놓았다. 시장의 관리요원에게 들켜 온종일 조사한 용지를 빼앗겼던 일이며 대형 슈퍼마켓의 지하주차장에서 길을 잃은 일, 엘리베이터와 에스컬레이터를 오르락내리락하다가 청소부 아줌마의 신고로 도둑혐의를 받았던 일도 있었다고 했다.

그때 갑자기 봉고차 뒤쪽에서 매우 큰 목소리가 들

렸다.

"어머나, 그렇다면 누군가 메모 테이프를 레코딩한다는 건가요? 아유, 불쾌해."

묘하게 거슬리는 가죽자켓 여자 목소리였다.

'근데 누군가 레코딩을 한다고? 몰래카메라처럼 우리들의 행동을 지켜보고 있는 제삼자가 있을 수도 있다는 말인가?'

선미는 오히려 그러기를 바랐다. 나는 성실하게 모니터로서의 임무를 해내고 있는데 다른 이는 빙글빙글 놀이시설을 타며 놀고 있다면 그건 공평하지 않잖은가. 놀이시설을 모니터하는 날이 아닌데도 탈것 속에 앉아 있거나 엉터리로 모니터를 한다면 효과는커녕 거짓정보로 인해 큰 문제가 생길 수 있지 않은가. 그런 점에서 선미가 현장에서 목격한 가죽자켓은 모니터 요원으로서 문제가 많았다. 하지만 그녀는 언제나 상황을 어쩜 그렇게 실감나게 표현하는지 그 말에 깜빡 넘어갈 만했다. 선미가 본 것과 전혀 다르게 여자가 묘사할 때면 선미조차 '내가 잘못 본 건가?' 하고 의심이 들 정도였다.

어쨌든 하루에도 몇 차례씩 찾아오던 그 아지랑이 증세가 모니터 일을 하는 동안 한 번도 찾아오지 않았다. 선미는 그 사실을 깜빡 잊고 있었다. 그게 남의 일처럼 신기했다. 훼밀리랜드 안의 번쩍이는 불빛, 여기저기에서 들리는 음악과 아우성 소리 그리고 하늘 높이 빙빙 도는 탈것들에 취해서 아지랑이 현상을 미처 알아차리지 못했는지 모를 일이었다

훼밀리랜드는 대기업에서 운영하는 가족 놀이공원이다. 고갯마루에서 내려다보는 훼밀리랜드는 언제 봐도 멋진 건물들이 가득한 동화의 나라다. 하늘을 향해 서 있는 용, 우주선과 알라딘의 양탄자와 같은 모형의 놀이시설들이 오늘도 동화 속으로 걸어 들어온 사람들을 유혹하고 있었다.

훼밀리랜드 정문에 들어서면 그 순간부터 선미는 자신이 극비의 임무를 띠고 파견된 특수요원이라는 착각 속에 빠져들었다.

"모니터로서 신분이 노출되지 않도록 주의해야 합니다!"

매번 지시하는 행동 지침 중에 그 말이 빠지지 않고 들어 있었다. 왼쪽 가슴에 단 연간 회원권마저 특수요원이 부착하는 명찰처럼 느껴졌다.

"평가하는 사람으로서의 자세를 버리고 순수하게 고객의 시각에서 사물을 바라보아야 합니다."

그렇게 사전교육을 받았지만 오감은 아무 데나 현미경을 들이대는 셜록 홈즈처럼 날카롭고 예민했다.

"이건 어떻게 작동하는 거지요?"

사용방법을 알면서도 일부러 질문을 던져보고 직원의 응대태도에 점수를 매겼다. 의도적으로 살펴보고 있었던 것도 무심코 눈길이 스친 것처럼 제스처를 썼다. 매사 기준을 세워 놓고 들여다보니 흘깃 스쳐 지나갈 때의 느낌과 사뭇 달랐다. 시설의 세세한 부분이 확대되어 보였다. 직원들의 웃음과 친절조차 실린더의 눈금으로 측량할 수 있을 것 같았다. 막연하게 좋다 나쁘다 하는 감정만으로는 모니터를 할 수 없었다.

꼼꼼히 현상을 관찰하고 분석하고 표현하는 작업이 선미의 일이자 모니터의 역할이었다.

오늘 모니터링해야 할 것에는 몇 개의 놀이시설이 포함되어 있었다. 시설물의 안전성과 불편사항과 함께 안내원들의 친절도와 안전의식을 점검하는 일이었다. 다른 모니터 요원들은 놀이시설을 탈 수 있다는 걸 보너스라도 받은 양 좋아했다. 그러나 선미는 어릴 때도 탈것을 좋아하지 않았다. 겁이 났지만 모니터를 하려면 놀이기구를 타지 않을 수 없었다.

놀이기구들이 팔랑개비처럼 씽씽 돌아갔다. 경쾌한 음악소리에 맞춰 움직이는 의자는 꼭 미친년 널뛰듯 했다. 위아래로 오르내리는가 싶어 그쪽으로 몸을 기울일라치면 의자는 어느새 한 바퀴 돌거나 사람을 거꾸로 매달아 놓고 있었다. 선미는 꽥꽥 괴성을 지르는 젊은이들 틈에 끼어서 얼굴이 하얗게 된 채 아무 소리도 못 내고 안전바만 죽자 사자 붙잡고 있었다. 그 시간이 고작 4, 5분이라는 게 믿기지 않았다.

"야, 너 계집애처럼 질질 짜지 않았냐? 바지에 오줌

안 지렸냐?"

모험나라 문을 나서는 한 떼의 젊은이들은 서로 때리고 치고 박으며 낄낄거렸다. 선미는 밖으로 나오자마자 배를 움켜쥐고 쪼그려 앉았다. 땅을 딛고 있는데도 여전히 몸뚱어리가 하늘을 날고 있는 것처럼 어지러웠다. 기어코 화장실을 찾아 아침에 먹은 토스트를 토해냈다.

훼밀리랜드에서의 마지막 조사를 끝내고 다시 사무실로 돌아갔다.

"이번 모니터 역할이 특별히 중요했습니다. 이번 일을 끝까지 해낸 여러분들 대단하십니다."

유 실장이 우리들을 향해 박수를 보냈다. 그리고 모니터링 평가실적을 종합해서 한 사람을 인턴사원으로 채택하겠다는 회사 측 제안을 다시 한번 상기시켜 주었다.

모두들 긴장하는 모습이었다. 시장조사 했던 경험을 들려준 바바리여자는 자신이 없는지 미리부터 고개를 흔들었다. 그러나 선미는 끝까지 살아남고 싶었다. 어쩌면 혼신을 다해 일할 수 있는 유일한 기회라는 생각이 들기도 했다. 선미는 그동안 자기가 내놓은 아이디어가 남들보다 구체적이고 독창적이라고 자신했다.

평소처럼 유 실장의 질문과 요원들의 대답이 오고 갔다. 놀이기구에 대한 내용은 비슷비슷한 문제를 제시하였고 보는 시각도 고만고만했다. 그다음은 원숭이 우리에 대한 청결상태와 동선의 길이에 대한 것이었다. 유 실장이 보고서와 설문지에 명시되어 있지 않은 뜻밖의 질문을 던졌다.

"그런데…… 원숭이 우리가 얼마나 대인저러스해 보이던가요?"

모두들 당황해서 웅성거렸다.

"원숭이 우리요? 위험에 이상…… 없던데요."

서로 옆 사람을 돌아다보며 이상 없음에 대한 응원의 눈짓을 주고받았다. 이때다 싶었다. 선미는 실장을 향해 자신 있게 말했다.

"네, 유리문에 묻어 있는 오물 등 청결 문제 이외에

분명히 안전에는 이상이 없었어요."

"확인된 사항인가요?"

"제가 일부러 유리도 두드려 보고 스텐 철장도 흔들어 보았거든요."

원숭이의 재롱을 보려고 사람들이 몰려 있는 곳을 헤집고 들어가려다가 밀려서 무의식적으로 유리문을 손바닥으로 밀었고, 곧바로 철장을 붙잡고 흔들어 보았던 기억을 더듬으며 선미는 스스로 흡족해했다.

그때였다. 또 가죽자켓이 껍질 속에 든 콩 볼가지듯 톡 튀어나왔다.

"아니요, 제가 보기엔 문제가 약간 있었어요."

열네 명의 요원들이 눈을 동그랗게 뜨고 일제히 그녀를 바라보았다. 그럼 그렇지, 네가 가만히 있겠냐. 그래, 네가 어떤 얘기를 쫑알거리는지 들어보자.

"그러지 않아도…… 덩치 큰 원숭이가 갑자기 튀어나오게 되면 늘 붐비는 곳에서 어떤 일이 일어날까 걱정이 되어서…… 우리를 찬찬히 살펴봤어요."

그녀는 느릿느릿 서두를 꺼냈다. 요소요소에서 자

기 피알하는 것을 잊지 않는 그녀의 말재간 때문에 입이 벌어질 지경이었다. 선미의 마음은, 그래서, 그래서, 하며 빠르게 그 뒷말을 재촉하고 있었다.

갑자기 그녀의 새침한 얼굴이 선미를 향했다.

"유리나 철장 자체에는 분명히 이상이 없었어요. 문제는 유리창 문 테두리에 있었죠. 유리창 테두리를 실리콘으로 처리했는데 그 실리콘이 군데군데 떨어져 나가서 우리 안이 들여다보일 정도였어요. 그걸 발견하곤 얼마나 걱정이 됐다구요. 결국 저도 유리창을 두들겨 보고서야 겨우 안심을 했지요."

이야기를 마친 가죽자켓은 승리자가 된 양 알 듯 모를 듯 야릇한 웃음을 입가에 흘렸다. 뭔가 대단한 것을 기대했던 요원들의 표정에서 '그런 걸 가지고서, 뭘.' 하며 김이 빠지는 것을 읽어낼 수 있었다. 그러나 이의를 제기하는 사람은 없었다.

'저 여자 기억력이 좋은 거야, 뻥튀기꾼이야? 그 실리콘이 어떤 건데 안전 문제에서 그걸 들먹거려. 그리고 만의 하나, 원숭이 몇 마리쯤 튀어나오면 어때? 그

것이 고객에게 더 좋은 볼거리를 선사하는 것일 수도 있잖아.'

그녀로 인한 불편한 심기 때문에 선미의 마음이 자꾸 엇나가고 있었다.

"두 유 언더스탠? 여러분들도 여기 한주애 씨처럼 이렇게 자세하고 꼼꼼하게 살펴주셨어야 했습니다. 에이전트들 정말 컨트롤하기 힘들어요. 클레임이 들어오면 그날로 문을 닫아야 해요. 전에도 말씀드렸지만 우리 미스터리 샤핑은……"

선미는 여기서 승복할 수 없었다. 다른 요원들이 시설에 들어가지도 않고 설문지에 적당히 체크를 한 것, 독립적으로 움직여야 하는데 몰려다닌 것, 아무 때나 놀이시설을 탄 것 등 주의사항에 어긋나 있던 모습들이 줄지어 머릿속에 떠올랐다. 선미가 질문을 던졌다.

"실장님, 설문지가 노출되면 안 된다고, 그게 가장 중요한 일이라고 신신당부하셨죠?"

가방을 챙기고 있던 요원들이 선미를 향해 고개를 돌렸다.

"네, 그런데요?"

실장이 물었다.

"여기 계신 한주애 씨 경우…… 많은 사람들이 드나드는 한식당 정문 앞에서 설문지를 활짝 펼쳐 놓고 기록을 했거든요."

선미는 자기가 하는 말이 고자질을 하는 거라고 생각하지 않았다. 모니터 요원으로서 해야 할 일이라고, 보다 정확하게 일을 처리하는 거라고 믿었다. 가죽자켓은 푹 고개를 숙였다. 유 실장은 화가 나는지 입술을 잘근잘근 깨물었다.

"한주애 씨가 그렇게 하는 걸 목격하신 분이 또 계신가요?"

유 실장이 다른 요원들을 둘러보며 물었다. 아무도 대답을 하지 않았다. 몇 사람은 분명히 그 장면을 보았을 텐데 모른 척하고 있었다.

"그렇다면 문선미 씨, 그게 사실인지 어떻게 확인할 수 있나요?"

선미는 기가 막혔다. 다른 목격자가 없다면 내가 거

짓말을 한 게 되는 거 아닌가.

"제가 찍은 사진이 한 장 있어요. 아아니, 일부러 찍으려 했던 건 아니구요. 예쁜 간판들을 찍다가 우연히……"

이렇게 된 마당에 솔직히 얘기하지 않을 수 없었다. 그러자 별다른 표정을 보이지 않던 다른 요원들의 인상이 갑자기 험상궂게 변했다. 사람들이 일제히 자기한테 적대적인 감정을 드러내고 있는 것 같았다.

"문선미 씨, 놀이기구를 탈 때 어지럼증을 심하게 느끼는 것 같던데…… 그런 상태에서 제대로 놀이기구의 상태며 안전도를 파악할 수 있나요?"

귀신체험 시설에 들어가 보지도 않고 뒤뜰에서 거짓으로 설문지에 응답하던 여자였다. 몇몇이 고개를 숙이고 킥킥 웃었다.

'무슨 소리야, 난 너처럼 거짓말은 안 해. 난 일러준 대로 철저히 규칙을 지키는 사람이야.'

선미가 뭐라고 변명을 하려는데 유 실장이 잘라 말했다.

"굿, 좋아요. 기획회의 때 여러분들의 의견을 전부 올리도록 하지요."

선미는 힘이 쭉 빠졌다. 다들 일이 끝났다고 희희낙락하며 자리에서 일어나는데 선미는 한참을 그 자리에 앉아 있었다. 훼밀리랜드를 손바닥 들여다보듯 하면서 대기업을 제 발밑에 꿇어앉힌 것 같아서 우쭐했던 기분이 바람 빠진 풍선처럼 쪼그라들었다.

어느새 차창 밖 거리가 불을 밝히고 있었다. 선미는 평소처럼 오후 서너 시면 집에 도착할 수 있을 거라고 예상했다. 그러나 종합평가를 끝내고 그 자리에서 보고서를 작성하고 제출해야 했다. 그러다 보니 시간이 많이 지연되었다. 오늘 저녁은 밖에서 외식하자. 남편한테 의기양양하게 던지고 나온 그 말이 맘에 걸렸다. 아이들이 밥을 먹었을까. 아빠하고 온종일 무얼 하며 지냈을까. 한 차례 전화했을 때는 어딜 갔었지. 하루종일 잊고 있었던 자잘한 일상이 마음속 좁은 틈새로 비누거품처럼 뿌걱뿌걱 새어 나오고 있었다.

버스가 너무 더디게 가고 있었다. 반대 차선은 텅 비어서 차들이 속력을 내고 있는데, 이쪽 차선은 가다 서기를 반복하며 빨간 꼬리를 물고 있었다. 그런데 시간이 지체될수록 마음은 애초 방향의 반대로 달리고 있었다.

'흥, 그동안 보상받지 못한 나의 시간과 노동력에 비하면 이건 아무것도 아니야.'

그런 자의식이 고개를 쳐들었다. 슬금슬금 오기마저 발동했다.

'괜찮아. 내가 어디 놀러 나왔나? 집안일과 아이 보기가 얼마나 힘든 건지 남편이란 작자들도 겪어봐야 해.'

버스 정류장에 내리자 삼성빌라 첫 번째 동 지붕이 빼꼼 보였다. 집을 떠났다가 '어서 오십시오, 여기는 서울입니다'라는 이니셜을 보았을 때만큼이나 반가웠다. 선미는 자기 집 부엌 창문으로 새어 나오는 불빛을 보자 긴장이 풀리며 피곤이 한꺼번에 몰려왔다. 바람이 몹시 거세게 부는 훼밀리랜드를 휘젓고 다녔으니 그럴 만했다. 몸이 물에 젖은 솜처럼 무거웠다. 하지만 선미는 남편에게 자기가 맡았던 일의 막중함에 대해 어떤 식으로 설명해 줄 것인지 흥분이 되었다.

경비실 지붕에 걸린 전등 하나가 금방이라도 불이 꺼질 것처럼 깜빡거렸다.

'정 씨가 대낮에 근무해서 저 전구를 미처 못 봤을 거야.'

선미가 전구를 바꿔야 할 것 같다고 말해주려고 경비실 앞으로 다가갔다. 그런데 초소 안에 앉아 있는 사람은 뚱보 최 씨였다. 그동안 한나절만 일하고 경비를 교체한 적은 없었는데……. 최 씨는 얼핏 보면 바닥에 떨어진 물건을 주우려는 것처럼 몸을 둥글게 만 모습으로 졸고 있었다. 그는 경비원 중에서 호봉이 제일 높은데 게으르고 지저분하다고 주민들 입에 오르내리는 인물이었다. 경비원 중에서 한 사람을 해고해야 한다면 정 씨가 아니라 최 씨라고 선미는 생각했다.

선미가 고개를 갸우뚱하며 계단을 올라가는데 아래층 영택이 엄마가 문을 열고 나왔다.

“영택이 엄마, 혹시 경비 정 씨가 그만두셨어요?”

선미가 물었다.

“경비원들이 최 씨를 똘똘 감싸고 정 씨는 왕따시켜 내몰려고 해요.”

“어머나, 주민들이 아니라 같은 경비들이 정 씨를 요?”

듣고 보니 정 씨의 부지런한 행동이 다른 경비들을 은근히 위협하고 있었던 것이다. 정 씨가 마당을 쓸거나 화단을 가꾸며 부지런히 몸을 놀리는 게 초소 안에 앉아 있는 다른 경비들에게 눈엣가시였나 보다. 만일 뚱보 최 씨를 해고시킬 경우 다른 경비들이 일괄 사퇴할 뿐 아니라 법적 소송도 불사하겠다고 관리소장에게 으름장을 놓았다고 했다. 그와 반대로 한 무리의 주민들은 정 씨를 해고시키면 안 된다며 연판장을 돌리고 있는 중이라고 했다.

초인종이 울리는데 문이 열리지 않아서 선미는 열쇠로 문을 열었다.

“민식아, 민주야.”

아이들 이름을 부르며 안으로 들어갔다. 그때 남편이 방 안에서 나오며 냅다 소리를 질렀다.

"당신, 도대체 뭐하는 여자야?"

전혀 뜻하지 않은 남편의 반응에 선미는 그저 입을 벌리고 서 있었다.

"지금 몇 신 줄 알아? 하루 일당이 얼마야? 내가 그 돈 줄게 당장 그만둬!"

남편의 말을 듣는 순간 선미는 앞이 깜깜해졌다. 환상열차를 타고 꼭대기에서 수직으로 곧장 급하강하는 느낌이었다. 아니, 360도 공회전을 두 번 하고 났을 때 하얗게 바래지던 순간 같았다. 꼭 감은 눈에서 무수히 터지던 작은 불빛들이 다시 살아나는 듯했다.

"뭐야! 남도 아닌 자기 자식 데리고 놀아준 게 그렇게 손해 보는 일이야? 토요일 하루 망친 게 그렇게 분해? 마누라는 맨날 손해 보는 장사해도 괜찮고? 내가 이 집 세파트야, 파출부야?"

물 밑에 가라앉혀 놓았던 여러 감정의 찌꺼기들이 둥둥 떠오르고 있었다. 선미는 눈물을 보이지 않으려고 거칠게 몸을 움직여 아이들 방으로 들어갔다. 민주는 입가에 토마토케첩을 빨갛게 묻힌 채 잠들어 있었다. 민식이는 속눈썹을 가늘게 떨며 겉잠이 든 체하고 있었다. 선미는 두 녀석 사이에 누웠다. 아이들의 새근거리는 숨소리가 들리자 한숨이 나왔다.

'토요일 하루를 옴팍 못 쓰게 했으니 화도 났겠지. 전화 통화를 못 했으니 걱정도 됐을 테고…… 세상에, 그래도 그렇지. 어쩜 그렇게 말을 해?'

변명할 기회도 주지 않고 일시에 몰아붙인 남편에 대한 미움이 또다시 되살아났다. 가슴이 답답했다. 일어나서 창문을 열었다. 경비 초소의 지붕 아래에서 여전히 깜빡거리는 전구 불빛이 보였다. 그것이 위급 환자를 알리는 신호처럼 위태롭게 보였다.

'뚱보 최 씨는 여전히 졸고 있겠지? 정 씨가 다시 일을 할 수 있을까?'

큰애 책상 옆에 아무렇게나 팽개쳐 놓은 가방을 내려다보았다.

'아, 점수를 매긴다는 것이 얼마나 무모한 짓인가.'

갑자기 채점자가 어느 기준에서 바라보느냐에 따라 완전히 다른 점수가 나올 수 있겠다는 생각이 들었다. 그러자 눈앞이 아뜩했다. 이미 제출한 훼밀리랜드에 관한 보고서들이 잘못되었을 수도 있겠다는 생각마저 들었다.

'그래, 그들이 원했던 것은 로보트지 사람이 아니야. 사람이 어떻게 하루종일 그것도 시종일관 웃는 낯으로 일을 할 수 있겠어. 로보트가 아니기 때문에 실수하는 게 당연한 거 아냐?'

머릿속이 뒤죽박죽 어지러웠다.

"전화 받어."

방문 밖의 남편 목소리에는 어떤 감정도 실려 있지 않았다. 선미는 느릿느릿 자리에서 일어났다. 식탁 위에 올려놓은 휴대폰에서 전화벨이 울리고 있었다. 희수 선배였다.

"문선미, 너 아직 죽지 않았더라. 실장이 네 칭찬 일색이더라. 관찰력이 뛰어나고 판단력이 높다고……"

선미는 건성으로 인사를 받았다. 하지만 가죽자켓

을 보기 좋게 한 방 먹인 일을 떠올리며 선배의 입에서 인턴사원으로 뽑혔다는 말이 나오기를 기다렸다.

"능력은 매우 탁월하대. 근데 요원들 간에는 신뢰와 팀워크가 더 중요하지. 거기서 점수가 좀 깎였대. 어쩔 수 없이 다른 사람을 추천하게 됐대."

선미는 부끄러운 건지 잘됐다고 생각하는 건지 알 수 없는 묘한 감정에 휩싸이며 전화를 끊었다.

뒤로 돌아서는 순간이었다. 선미는 하마터면 소리를 지를 뻔했다. 이제껏 눈앞에 나타났던 작은 아지랑이들이 아니라 아주 커다랗고 눈부신 한 개의 아지랑이가 턱 버티고 서 있었다. 그 아지랑이가 코앞에서 뱅글뱅글 빠르게 맴을 돌기 시작했다.

'그래, 네가 나를 잡아먹으려고 그러는구나. 좋아, 누가 이기나 해보자.'

선미는 주저앉지도 눈을 감지도 않았다. 어지러워서 쓰러질 것 같았다. 눈알이 빠질 것처럼 아프고 눈물이 쏟아지려 했다. 그러나 선미는 눈을 더욱 크게 부릅뜨고 그것을 내내 노려보았다.

추천사

김우남 작가와의 인연은 30여 년 전으로 거슬러 올라간다. 김 작가의 부군 방영준 교수는 우리 부부의 결혼식 주례뿐 아니라 인생에서 큰일이 있을 때마다 해답을 주신 스승님이다. 나는 2019년 1월 포천시 부시장으로 취임하였다. 그때 스승님 부부를 초청하여 아프리카돼지열병(ASF)에 대해 이야기를 나누던 중, 김 작가가 현장을 둘러보고자 했고 관계자와의 면담을 원해서 적극 도와드린 일이 있다.

아프리카에서 시작된 ASF는 2018년 중국에서 발병하였으며 북한을 거쳐 한국에 도달하였다. ASF는 전국 돼지 230만 마리의 15%만 살처분되어도 경제적 피해가 2조 3천억 원에 달할 것으로 추정되는 무서운 전염병이다. 포천은 소 3만, 돼지 30만, 닭 1천만 마리를 키우는 경기도 축산의 최대 거점 중 하나다. 당시 파주와 김포의 돼지들이 살처분되는 긴박한 상황 속에서 인근 지역 공무원과 전문가들이 모여 어떻게 협력하고 대응할 것인지 논의하던 일이 기억난다.

그 당시 전문적인 지식과 경험을 바탕으로 방향을 이끌었던 분이 소설 속 주인공 주 선생(실제 조철민 수의사)이다. 우리는 매일 7백여 명이 2명씩 2교대로 투입되어 163개소 돼지농장 앞을 지키며 진출입하는 모든 차량과 사람을 통제했다. 남녀직원 구분이 없었으며 많은 군인들도 동참하였다. 여직원들은 화장실에 가기 어려워서 아예 물과 커피를 마시지 않았다. 결국 ASF의 포천 입성과 남동진을 단시간에 막아내어 세계적인 우수사례로 국제협회에 보고되기도 했다.

소설 속 철희는 공무원의 노고를 직접 목격한 후 자신의 연극 활동을 열심히 하는 계기를 마련한다. 그런데 주 선생의 현실은 소설 속에서 철희가 본 것보다 더 놀랍다. 최근에 조철민 수의사의 근황에 대해 들었다. 그는 ASF뿐만 아니라 AI(조류독감)를 막아낸 후 작년 10월 과로로 쓰러졌다. 평형감각을 잃은 탓에 앞니가 모두 부러지고, 몸무게가 20kg 줄었으며, 9개월 동안 병원에 입원하였다. "이 힘든 일을 당장 때려치우고 동물병원을 여는 게 낫지 않아요?" 통화 중에 내가 물었다. "제가 끝까지 책임을 져야죠. 체력이 예전 같지는 않지만 그래도 제가 함께하면 좀 더 나을 겁니다." 그의 대답을 듣고 '이순신 장군이 삼도수군통제사로 복귀할 때도 이런 마음이 아니었을까?' 하는 생각이 들었다.

이 글을 쓰고 있는 2023년 10월 현재 '럼프스킨'이라는 신종 소 전염병이 기승을 부리고 있다. 어려운 시대를 살고 있는 젊은이들이 실화를 바탕으로 한 단편소설 「해 뜰 날」을 통해서 이 사회가 어떻게 지탱되고 있는지 깨닫고, 인생의 참다운 가치를 생각해보는 기회가 되었으면 한다. 그러면 언젠가 쨍하고 해 뜰 날이 오지 않을까.

이계삼(경기도 도시주택실장,
전 경기도시공사 광교 신도시 사업본부장)

작가의 말

글쓰기와 행동하기

글을 읽고 쓸 수 있다는 게 숨쉬기처럼 그저 주어지는 것인 줄 알았습니다. 말할 줄 알면 당연히 말을 모두 글로 표현할 줄 안다고 착각했습니다.

많은 이들이 이름 석 자를 못 써서 우체국이나 동사무소를 못 가고, 숫자를 모르니 은행은 물론이고 버스도 탈 수 없었고 목욕탕에도 못 갔습니다. 자기 나라 글을 못 읽고 못 써서 평생을 문맹(文盲) 상태로 살아야 했습니다. 몇백 년 전 일이 아니고 먼 데 일도 아닙니다. 들일, 밭일, 집안일 하고 아기들 키우느라 배우지 못해 목말랐던 나의 어머니와 나의 이모, 나의 고모님들 이야기입니다.

글을 쓸 줄 안답시고 어쭙잖은 책도 몇 권 냈으면서 글을 쓸 수 있다는 것이 얼마나 큰 특혜이자 특권인지 몰랐습니다. 글을 배워서 읽고 쓸 수 있는 환경이 쉽게 주어졌으니 그것이 얼마나 위대하고 대단한 것인지 미처 몰랐습니다. 나의 안온한 배움이 많이 부끄러웠습니다. 그래서 이 책은 나의 부끄러움을, 당신의 대단함을 담아서 드리는 내 작은 선물입니다.

아프리카돼지열병에 관한 취재를 위해 인터뷰와 자료수집에 적극 응해주신 여러분들, 그리고 진솔한 추천사를 써주신 이계삼 실장님께 감사 인사를 드립니다. 모두 외면하는 순간에도 제자리를 지키며 기꺼이 역할을 다하는 여러분을 알게 되어서 매우 기쁩니다. 그리고 진심으로 존경합니다. 무엇보다도 책 속 주승민 선생의 실제 인물인 조철민 수의사님의 빠른 쾌유를 기원합니다.

2023년 시월,

연희문학창작촌에서 김우남 쓰다

수록작품 발표지면

아이 캔 두 이모 『문학나무』 2023년 겨울 (「나의 이모」 개작)

해 뜰 날 경기문화재단 출간지원 선정작

연(緣)—누런 뱀과 매우 단단한 똥 『한국소설』 2022년 8월

모니터링하는 시간 경기문화재단 출간지원 선정작